Der
Welt den
Rücken

Elke Heidenreich

〔德〕埃尔克·海登莱希　著

丁娜 杜新华　译

湖南文艺出版社
HUNAN LITERATURE AND ART PUBLISHING HOUSE

图书在版编目（CIP）数据

背对世界 / (德) 埃尔克·海登莱希
(Elke Heidenreich) 著；丁娜、杜新华译. -- 长沙：
湖南文艺出版社，2023.4（2023.9重印）
ISBN 978-7-5726-1040-0

Ⅰ.①背… Ⅱ.①埃… ②丁… ③杜… Ⅲ.①短篇小
说—小说集—德国—现代 Ⅳ.①I516.45

中国国家版本馆CIP数据核字(2023)第019896号

著作权合同登记号：图字 18-2015-182

Title of the original German edition:
Author: Elke Heidenreich
Title: Der Welt den Rücken
Copyright © 2001 by Carl Hanser Verlag München Wien

Chinese language edition arranged through HERCULES
Business & Culture GmbH, Germany

背对世界
BEIDUI SHIJIE

作　　者：〔德〕埃尔克·海登莱希	译　者：丁　娜　杜新华
出 版 人：陈新文	责任编辑：夏必玄
装帧设计：少　少	内文排版：钟灿霞

出版发行　湖南文艺出版社（长沙市雨花区东二环一段508号 邮编：410014）

网　　址：http://www.hnwy.net	
印　　刷：长沙超峰印刷有限公司	经　销：新华书店
开　　本：787mm×1092mm 1/32	印　张：7.25　字　数：113千字
版　　次：2023年4月第1版	印　次：2023年9月第2次印刷
书　　号：ISBN 978-7-5726-1040-0	定　价：52.80元

（若有质量问题，请直接与本社出版科联系调换）

……因为一对恋人的幸福总是背对世界的……

——罗曼·加里

幸福的爱情。这正常而当真有益吗——两个对世界视而不见的人对世界又有什么用呢？

——维斯拉瓦·辛波斯卡

……你的心牵挂别处……

——英格博格·巴赫曼

目

录

最美丽的岁月

我只有一次，唯一的一次，与我的母亲一起去旅行。那年她八十岁，腰杆挺直，充满活力，精力充沛，而我四十五岁，有腰痛病，感觉自己已经衰老，对生活总是牢骚满腹。我母亲生活在南方的一座小镇上，住的是一套很像样的房子；我生活在北方的一座大城市，住的是一套很不像样的房子。她上了年纪之后，我去看她的次数多了一些——其实我很不情愿这样做，因为我们的关系并不是很好。但是我想她也许会需要我，在她这个年纪，她会逐渐变得衰弱、健忘，所以我每隔几个月就要去一趟，帮她办一些和政府部门打交道的杂事，开车到阿尔第超市去大采购，蹬着梯子把壁橱收拾擦洗一番，春天在阳台上种些花木，秋天再给它们剪枝，把花盆都搬进地下室——作为独生女儿，我做这些是出于义务，而不是爱。而且我总觉得，变得更衰弱、更健忘的人明明是我。我站在梯子上收拾壁橱，她在一边瞧着，指手画脚，责备我道："瞧你那爪子，又都搞脏了！"再不然就是说我把杜鹃花剪得乱七八糟。她从来不会对我说一个谢字，从来都不会说："妮娜，你干得真不错。"这是她永远都办不到的事。在我们家里听不到赞扬。"嗯，还行！"这就是能从我母亲嘴里蹦出来的最高级的表示认可的话了。当我还是个小孩子的时候就是这样，每逢我得了好分数，拿回家时总听到这句话："嗯，还行。"

我去看她时向来住旅馆，那个前台经理，毕尔格先生，每次见我进来都会对我行吻手礼，说："罗森鲍姆女士，您对令堂照顾得无微不至，令人颇为感动，时下如您者甚是罕见，何况您公务繁忙。"

当时我在一家报社工作，于是他每次都让人把刚出的报纸送进我房间，如果上面有我的文章，他还要标上感叹号，好像怕我自己看不见似的。我走到楼上去，努力静下心来读报，不再去想我的母亲。此时的她正一个人坐在家里，度过一个凄清孤寂的夜晚，而我在旅馆房间里也是一样。为什么我不能跟她心平气和地坐一坐呢，伴着一瓶红酒？为什么我们就不能在一起度过一个愉快的晚上，说说笑笑，聊聊类似"你知道吗……"这样的话，然后讲上一段趣闻呢？我们从来没有说过"你知道吗"，如果说过，那一定是在怀疑什么。因为我们无论何事都没有达成过统一的意见，我们只在一起生活了十五年，我人生中的前十五年。在那以后，我们的见面就仅限于互相的看望，我去看她，她来看我，我们的生活最好是平行的，不要混在一起。我们喜欢的不是同样的人，也不是同样的事。

头一件事就是酒。我喜欢高质量的干红葡萄酒。而她明知道我这个爱好，在我去的时候仍然买那种带螺旋塞的便宜货。她的理由是，她没有那么大力气拔出塞子来。我至少给过她五个很好用的开瓶器，而且样式一个比一个先进，根本不用费什么力气。可是它们全都躺在厨房的抽屉里睡大觉。酒还和以前一样是带螺旋塞的货色，而且从来不冰。不过，我宁可喝这种酒，加点冰镇矿泉水（"我这儿可只有不带气儿的矿泉水！"），也不要去跟她争论那些问题——关于我，关于我穿衣服的品位，以及我在报纸上写的文章，我的身体，我是多么不当心自己的健康，我对钱的态度是多么大大咧咧。这些都是她偏爱的话题，不知什么时候就会说起来没完，于是整整一个晚上就会这样过去。如果她说"你越来越像你爸爸"，我就明白，我们已经快到危险的边缘，这个时候我最好溜之大吉。

我的父亲已经去世将近三十年了，但是母亲对他的怨气却从来没有减弱过，并且把这股怨恨转嫁到了我身上。按她的说法，我"完全继承了他的性子"。这意思大概是说，她的人生道路本来不应该是这样的，而这都是我们两个的错。

"你要是继续这么干下去，你就会像他一样短命。"她总是这样说。继续干什么呢？就是继续抽烟，喝白葡萄酒而不是甘草茶，不做运动——母亲在八十岁的年纪还几乎每天都去游泳——并且用层出不穷的绯闻毁掉我自己的婚姻。她之所以了解这些是因为我的表姐玛格丽特。我跟这位表姐已经二十年没说过话了，但讨厌的是她跟我生活在同一座城市。她偶尔会给我母亲打电话，说："奈丽姨妈，你听说了吗，最近妮娜又闹出事来啦！"

"你从来不肯安分，"母亲叹息着，"和你爸爸一样。"

"爱情是一个永恒的工地。"我尽量轻飘飘地说。母亲摇着头，说："每个人在一生中只能有一次真正的爱。

至少我是这样的。"

　　她那一次真正的爱是给了我父亲吗？我无法相信。他们的关系太恶劣了，在他死后，母亲的青春才真正绽放，但是她再也没有让哪个男人接近她。那么一定是在结婚之前发生过什么故事。可是，跟谁呢？更重要的是：是在什么时候呢？她结婚的时候是二十岁。当我出生时，我的父母已经结婚十五年了，在战争中父亲的假期里有了我。我是一个不受欢迎的偶然的产物，是在战争的后期出生的。"我原本不想要孩子的，"母亲这话不知说了多少遍，"那时候谁都不想要孩子，战争还躺在我们的床上呢。"不过，在那之前呢，在那之前是不是发生过什么惊天动地的爱情故事呢？母亲从来没有谈论过这段短暂而隐秘的爱情，她也几乎从来不讲以前的事。于是我对自己的家族、对她以及父亲的亲戚几乎一无所知，因为这些人不是跟我们吵翻了，就是早死了。死了，消失了，再也不会出现在我们的记忆里了。

　　如果我追问这些事，她就会摆出一副拒绝甚至厌恶的表情。"我家全是伤心事，他家全是荒唐事。"她说——这个话题就算结束了。最多再加上一句："你就像他。"

　　听到这话，我已经很清楚了，我应该马上结束谈话。

于是我走进浴室。我照了半天镜子，寻找着我和她相似的地方。我的手几乎和她的一模一样，我的额头上也有着和她一样疑虑重重的皱纹——除此之外就没有了。幸好没有。我打开浴室柜，不出我所料，我送给她的那些名贵护肤品——面霜、乳液、香皂——全都原封不动地躺在抽屉里。她一如既往地只用妮维雅的香皂和护肤霜。"我用不着更多的呀，"她说，"这就够啦，有油脂，有水分，别的全都是废品。"我送给她的所有的东西，统统作为"废品"消失在柜子抽屉里——鞋，厚毛衣，能折叠的购物袋——不管我送什么，反正都不对。"谢谢，可是我用不着。"当我在电话里问她喜不喜欢我寄去的圣诞节礼物时，她就会这样说。又说："我什么都有。如果你能幸福，或者至少平和一点，那才是让我最高兴的事。"不过老实说，母亲送给我的东西我也不喜欢，譬如紧得要命的白色羊绒内衣，或者还贴着价签的酒心巧克力。在我们之间，谁也无法给予对方什么，也无法接受对方——至少无法替对方着想，无法和平共处。

当我平静下来以后，我又走进客厅去陪她，但很快就告辞了。她像大多数孤身生活太久、没人可诉说的老人一样，滔滔不绝地说个没完，连个磕巴都不打，一直到我离开。

"最近天气好的时候我总是碰上那个长头发的男人，鬼才知道他为什么不剪头发呢。他说，您看那绿油油的草地，我们这里多美啊，那些傻瓜为什么总要往外跑呢？我真搞不明白。我跟您说，我的那些朋友，两千五百！两千五百呀！一开始我根本不懂他是什么意思，他是说，他的朋友们到山里去了，那座山有两千五百米高，而且上面没有积雪！这家伙真是一个奇怪的苦行僧。他老婆死了很久了，我就想啊，他是怎么生活的呢？他每天做饭吗？他的身体看上去可不怎么好。不过这跟我有什么关系呢。你知道我碰见谁了？那个牵着几条卷毛狗的女人，她的狗就像小羊羔一样。我问她，那位总是坐着轮椅的布莱纳先生哪儿去了？我很久没见过他了。她说，您怎么还不知道？他已经死啦。我说，这回他老婆可该高兴了。她早就盼着他死了。现在他终于死了。有一次她抓到他和他侄女在床上，从此以后他们的婚姻就陷入了泥潭。我真不知道这些男人心里到底有个什么魔鬼，不过我看你心里也有。以前那个家伙还总是骑马呢，可是后来他中风了，是啊，很正常啊。牵狗的女人说，经常变天，所以她的狗老是掉毛。我很讨厌卷毛狗，卷毛狗有什么好的。你的脸色很坏，你睡得太少了，这我一眼就能看出来。"

说到这时候，她歇了口气，我趁机插进去："好的，那我现在就去睡觉。"我终于能逃掉了。

我们从来不谈论跟我们相关的事情。

告别的时候，我们亲吻了对方脸颊左右的空气。我们不接触彼此的身体。我不记得母亲什么时候抱过我，抚摸过我，安慰过我，触摸过我。小时候她经常扇我耳光。这是我记忆里我们唯一的身体接触。

我回到旅馆，毕尔格先生说："罗森鲍姆女士，前不久我在阿尔第遇到令堂，真让我吃惊，她还是那么硬朗！还是那样仪容端正，腰杆笔直。您知道吗，您跟她越来越像了。"这时候我实在支撑不住了，我需要的是洗一个热水澡，以及小冰箱里的饮料。

为了她的八十岁生日，她宴请了客人。来的都是老太太。在这个圈子里，在某些时候，我算得上一个"模范女儿"：我本人在报社工作，丈夫是个高收入的牙医。于是我就会听到这样的话："我女儿过得非常好。"要么就是："最近报上登了一篇妮娜写的关于绿色和平的文章，整整一版呢。"这一次她说的是："明天妮娜要到意大利去，报社派她出差。"这当然会让那帮老太太赞叹不已。

不错，我确实是要去米兰，但并不是出公差，而是去见弗洛拉。几个星期之前，我在纽约认识了弗洛拉并且爱得如火如荼。这一次我们想验证一下在我们之间擦出的闪电还能保留多少。在那第一个晚上，当她来到那个聚会上的时候，伴随着第一句话，第一个目光，那道闪电落在我俩之间。路德维希也在场。我们，我和弗洛拉，面对面站着，注视着对方，不停地聊下去——幸福和惊喜让我们都有些忘乎所以了。她四十岁，单身，曾是很多个已婚男人的情人，还有过一段跟女人的爱情，时间很短——而我这辈子还从来没有过。我从来没有产生过这个念头，但是我会怀着一点嫉妒看着那些爱恋相拥的女人，那与纯粹的朋友之间的拥抱是很不相同的。多年以来，我一直感觉到一种模模糊糊的渴望，渴望得到一个女人的爱。我看到弗洛拉，看到她椭圆的脸，黑黑的眼睛，于是我被她吸引了，我是那样爱她，以前我只对男人有过这样的感觉。而她也热烈地回应了我。路德维希飞回德国去了，我留了下来，而且跟她一起度过了我一生中最缠绵、最激动、最美丽的一个星期。我完全没有想到，原来与一个女人拥抱、爱抚是这样奇妙。我注视着我的母亲，心想：你只会将我推开，现在，也许我应该得到补偿了。她问我："你怎么这样看着我？""没什么。"我说，心想：如果你知道这些会怎么样啊！不过你是不会知道的，谁都不会知道的。只有路德维希有一点点察觉，但是他对我没有那么大的兴趣了，不会追问我的。

路德维希有他的生活，我有我的生活。我们每星期一起吃几次饭，有时在他那儿，有时在我那儿。我们的关系像朋友一样，很简单。前几年，我们的激情不知怎么就消失了，爱情也没有了。我们的两个儿子都已长大成人，搬出去了，我也不想念他们。他们都是帅气而张扬的小伙子，穿名牌衣服，头发理得短短的，但打理得很好，被他们伤过心的女孩子多得数不过来。他们不需要父母，我们也不需要他们。我们互相通通电话，偶尔往一起凑凑，不过如此。我感慨万千，过去的二十四年我都做了些什么啊，这么长的岁月里，"我"又在哪里？我终于有了一套自己的房子，这让我感到很舒服。有时觉得寂寞，有点失落，但我从不孤独。我知道，并不是一切都已结束了。在我身上还会发生些什么事。我还可以接受，我还可以付出。就在纽约，就在弗洛拉跨进那个房间的时候，频率对上了——在我和她之间，有一根线穿过这个房间绷紧了，而且颤动了。

现在我要到米兰去。两天后弗洛拉就会结束纽约的研讨会回去。她在米兰的一家研究所工作，是个鸟类学家。在这个国家，粗野的大男子主义者用网子捕鸟，拧断它们的脖子，再把它们吃掉，而她偏偏在这个国家研究鸟类。我想问问她，她是怎么靠这个谋生的。在纽约的时候我忘记了问她很多事情。我们只顾着相爱，只顾着为我们之间发生的事而惊喜。

那些老太太走了以后，我帮着母亲收拾房间。她还在兴致勃勃地说人家的闲话——费舍太太比她小八岁，可是看上去至少比她老十岁；赫尔佐格太太的身体可差多了；金德曼太太的耳朵完全听不到别人说话了，因而变得神经质。无论她说什么我都随口附和着，反驳她也打断不了她说话，何况我的母亲和其他老太太相比，的确就像英国女王一样，总是那样风姿雅致，那样明快果断，如同鹤立鸡群。我把装点心的碟子和喝香槟的杯子都拿进了厨房。

"我自己来洗嘛。"母亲说。这让我很高兴。因为我不喜欢用她那油腻腻的洗碗布。何况我怎么做都不合她的心意——洗涤剂用得太多，太浪费水，诸如此类的毛病。

她把剩下的黏糊糊的甜柠檬卷给我包了起来。"拿走吧，还可以吃呐。"她说。我抗议道："我不爱吃，太腻了，我会发胖的。"

"是啊，我本来不想说的，"母亲说，"但是你壮实多啦。你现在体重多少，七十？""六十八。"我说。她叹了口气："在你这个岁数，不可能更瘦了。荷尔蒙的原因。"然后她又加上了一句，"嗯，六十八，还行。"

她向来如此——"还行"——这就是最高的评价。在我上小学的时候，如果德语或拉丁语拿了个二分，而不是一分[①]，她会说："还行。"在我十五岁的时候，如果我按自己的心意打扮好了准备参加聚会或舞会，问她一句"好看吗"，她就会用挑剔的眼光看看我，说："嗯，还行吧。"赞美？认同？她身上没有这个细胞，这样的话永远不会从她的嘴里吐出来，好像一句赞美就会让她降低身份，让她变得渺小。当她病入膏肓、奄奄一息、瞪着惊恐的眼珠子喘气的时候，我坐在她床边，说："妈妈，你的气色好极了，你连皱纹都没有。"在那一刻我恍然发觉，我以前也从来没有赞美过她，或是对她说过什么亲切的话。直到她再也不能回答我的时候，我才把这样的话

---

① 在德国中小学，学生成绩以一分最高，六分最低。

说出口。我恨不能代替她一动不动毫无生机地躺在那里，让她对我说些充满关爱的话，赞美我，亲近我，哪怕只有一次也好啊。

她把包好的柠檬卷塞进一个塑料袋递给我，笑盈盈地说："你小时候可喜欢吃了。"我险些冲口而出：我又不是孩子了。可说这话没有任何意义。在她眼里，我永远是那个忧郁、冷漠、半大不小的孩子，好像我吃了剩下的柠檬卷就会变得强有力似的。

告别的时候，她塞进我手里的除了装柠檬卷的塑料袋，还有我送给她的生日礼物——一条蓝色羊绒围巾。"拿走吧，孩子，"她说，"谢谢你的好意，可是我不会再穿蓝色的衣物了。何况我有满满一抽屉的围巾呢，让我拿这些东西怎么办呢。"一切都跟历次一样，可又不太一样。因为，当我再次向她挥手的时候，站在台阶上的她忽然石破天惊地说：

"米兰！我还从来没去过米兰呢！"

那又怎么样——她这一辈子本来就很少出门旅行啊。她参加过一次乘汽车环游法国的旅行，却因为一件事而心烦意乱，那就是连小孩子都能讲一口流利的法语。"哎呀，妈妈，"我说，"他们是法国人哪，他们是说着法语长大的，那是他们的母语啊。""那又怎么样呢，"她固执地说，"那么小，法语却说得那么流利，老天爷呀。"

当我把妈妈的这些趣事讲给朋友们听的时候，他们都觉得很好笑。我却笑不出来。自儿时起，我们之间就有一堵高高的危墙。每次见面，每次谈话，如果我们在墙边靠得太紧，它就会摇摇欲坠，好像随时会塌下来将我们其中一个压死。今天我知道了，本来我和母亲在一起时可以有很多的欢笑——然而，在那时候，只要我去看望她，在她把门打开的那个瞬间，我们就看出来了：嘿，旧账还没有算完。每个伤口都还在淌血，便没有了欢笑。

我从来没有想过跟母亲一起去旅行，更不要说去米兰，更不要说是现在，在我想要与弗洛拉见面的时候。可是她就站在我面前，矮小而矍铄，神采奕奕地对我说："你怎么就不能带我去呢？意大利！那才算是你送我的美好的礼物呢。也许这就是我最后一个生日了。"

这种话她说了将近二十年了——这就是我最后一个圣诞节了，我活不到下一次过生日了，我觉得我的生命力在消失……或者，只要她稍微有点感冒伤风，她就爱说："我只有一天可活了。"这些都是她敲诈我的手段。只要她的身体好了一些，或是圣诞节、复活节、生日什么的过去了，她马上就会变回原先那副硬脾气，知道该怎么对付我，比如说买皮大衣时要买黑色的而不是棕色的，这样她就能以更好的形象出席我的葬礼，而且，上帝，如果她真的死在我前头，那黑大衣就可以让我在她的葬礼上穿。

"那太累了，你受不了的。"我找了个借口，一边想象着开车和母亲一起上路会是什么情形。

"只要你受得了我就受得了，"她说，"米兰！一定很美啊。""米兰可算不上美。"我说，她敏捷地顶了回来："那你又去干什么呢？又看上哪个小伙子了？"我执拗地沉默着，摆出一副她称作"中国式表情"的苦瓜脸。"呸，瞧你这副中国式表情，"她说，"我再也不问了，再也不问了，谁自找倒霉谁自己知道。"这种话我是不能忍受的："谁自寻快乐谁自己也知道。"她说："那好哇。"

"我是去跟一位与我有工作关系的女士会面。"我只得这样说。"你跟一个意大利女人有什么工作关系？"她怀疑地问。我不耐烦起来，"妈妈，"我说，"我去干什么都无所谓，主要是路上的时间太长了，天气又这么热，很累的，我要在那里待两三个星期呢，你要回来时怎么办？""上帝，我可以坐飞机嘛，"她说，"我可以待两天然后坐飞机回来，让克劳斯去接我。"

母亲只坐过一次飞机，是飞到柏林去参加她的妹妹露茜的葬礼。可是她说起话来就像一天到晚飞来飞去而且有里程积分卡似的。克劳斯是她的一个远房侄孙，就住在附近，有时来照顾她。

"那好，"我说，"晚安啦，我现在很累，我要回旅馆去，明天早饭后再来。我出发之前总归是要再过来一下的。好了吧？""好，"她说，"别忘了拿上柠檬卷，还有这条蓝围巾，它很软和，只不过我不戴这种东西了。"

我接过围巾走了。回到旅馆，大堂经理问我："令堂收到礼物很高兴吧？""高兴极了。"我说，将围巾塞进塑料袋深处，弄得它沾上了柠檬卷。围巾是我前一天买的，当他问我给母亲大人买了什么礼物时我还给他看过。她的八十岁生日是在报纸上登了公告的，镇长还给她写信道贺。"那个家伙呀，"她说，"是基民盟里的一个白痴。"她把贺信撕掉扔进了马桶，就像当年处理我写的第一首诗，在父亲去世后处理她的结婚戒指一样。

这一晚我睡得很不踏实，总是梦见和母亲一起旅行，梦见弗洛拉。

第二天一早，我开车到她那里去。她给我开了门，穿着一条我从未见过的亮闪闪的蓝裙子（"我再也不穿蓝色了！"），容光焕发，戴着一个金镯子，那是我的表姐玛格丽特送给她的七十寿礼。走廊里放着一个小小的旅行箱。"都收拾好啦，"她说，"真让我兴奋。"

我只能咽了口唾沫，先坐下来。

"妈妈，"我说，"我们得在汽车里坐好几个小时，然后……""我知道，"她不耐烦地说，"我喜欢坐汽车。你爸爸唯一的本事就是开车。我们在星期天经常开车到龙岩去，品尝那里的鸡汤。在米兰能吃到不放大蒜的菜吗？我可是一点大蒜都不沾的。"

我只剩下发呆了。她总是对我发起突然袭击将我打败，而且，我很久没有见过她这样情绪高涨，这使得我实在狠不下心来拒绝她。我想，那就先在旅馆里住两天，在米兰的街市上随意逛逛，让自己静静心，染上一点意大利风情，之后再搬到弗洛拉那里去住几天，也许一个星期，或是两个星期。母亲总归是要坐飞机回家的——这事好安排。而在前去的途中，我想，也许我们能够谈一些在灵魂深处沉积已久的事情。汽车是一个完全封闭的空间，生气了也没办法一走了之或是砸门，说话时也用不着看着对方。在开车时我必须集中注意力，自然发不出火来。

"好吧，"我说，"那就走着瞧吧。出发。"

我提起她的旅行箱。她稀里哗啦地把百叶窗放了下来。"你带上护照了吗？"我问。她说："你把我当成什么人了，难道我真是个蠢老婆子吗？我当然带上护照了。"忽然她又轻快地哼唱起来："你可知道那柠檬花盛开的地方？啊，我的情人，我要和你同往。①"

　　当我还是个小孩子的时候，母亲经常和我一起唱歌，她还会背许多诗，一有机会就吟诵起来。在我的记忆里，那是一段美好的时光。即使我从不曾坐在她的怀里，蜷在她的床上，让她牵着手走路。不知出于什么原因，我的母亲仿佛不允许自己流露出任何形式的柔情。我的父亲有两个情人，一个很年轻，是个冒冒失失的金发女郎，另一个是一位和气的售货员，跟他一般大。他定期去找她们，也经常在她们那里过夜。"我在瓦尔特家。"他会这样说，或者，"不用等我了，我在奥托家里过夜。""好吧好吧，"母亲就会说，"告诉瓦尔特，少用点香水吧，你从他那儿回来以后身上的味道难闻极了。"要不然就是："别忘了把奥托的真丝内衣送回去，我在你的柜子里看见的。"儿时的我听不懂话里的意思，只会笑。我的父亲有

────────────

① 出自歌德在《威廉·迈斯特的学习时代》当中的一首诗《迷娘曲》，母亲唱的词句与原文略有不同。

五个兄弟，都是非常好玩的人，所以我就幻想出一些稀奇古怪的故事来。奥托叔叔是一个会计，几兄弟里面只有他永远打着领结，穿着西装，所以被兄弟们叫作"大少爷"。瓦尔特叔叔嗜酒如命，被叫作"啤酒先生"，海尔曼叔叔是个装百叶窗的工人，于是就成了"裂缝先生"，弗里茨叔叔在剧院里管道具，因此被叫作"破烂儿先生"，最小的台奥叔叔是唯一的虔诚教徒，总是往教堂跑，一直在为慈善事业捐款，自然就成了"耶稣先生"。我父亲的外号是"搞笑先生"，因为他总是兴致勃勃——除了在家里。但是，如果他带着我，或者跟他的兄弟及其妻子们在一起——例如在圣诞节，在奶奶的生日，或是我的生日——那是真正的节日，大家喝那么多的酒，有那么多欢笑。我最喜欢"破烂儿叔叔"，因为他常常从剧院拿些小羽毛帽子、缀着珍珠的手套或是木鞋给我。母亲对这些东西总是不屑一顾地抽抽鼻子："又是这些破烂儿。"只要我稍不留神她就给扔进垃圾堆。

上车之后，我问她："爸爸的兄弟们还有在世的吗？"

"耶稣先生，"她说，"耶稣先生还活着，是卡拉告诉我的，她有时会给我打电话。"我父亲还有两个姐姐，卡拉姑妈和宝拉姑妈。我最后一次见到卡拉姑妈是在我十五岁的时候——在我父亲的葬礼上。她号啕大哭，不住地拥抱我母亲，让我吃惊的是，母亲也那样真诚地回应她的拥抱。那时候姑妈是个高个子的漂亮女人，现在肯定有八十多岁了。她丈夫在战争中阵亡了，战后她和嫁给一个警察的宝拉姑妈一起开了一家手工艺品店，经营了好多年。

我母亲偶尔从卡拉姑妈和宝拉姑妈的店里买些毛线来织，她的手艺很糟糕，却又乐此不疲。但是在我父亲去世之后，她和那边的亲戚都断了联系。她搬到了南方的一座小城，我一直到中学毕业都在寄宿学校读书，再也没有见过我的叔叔姑姑们。在这个家庭里并不流行写信，大家便中断了互相的联系，但我经常想起"破烂儿叔叔""啤酒叔叔"和"大少爷叔叔"。

"这么说起来，我们根本没什么亲戚了，"我说，"你的姐妹都去世了，玛格丽特表姐是个讨厌鬼——可是我们本来是个大家庭——爸爸有七个兄弟姐妹，你有五个。他们都到哪儿去了呢？"

"随风而逝。"母亲说着，戴上一副古怪的太阳镜，"瓦尔特得癌症死了，奥托死于心肌梗死，弗里茨被电车轧死了，海尔曼死于盲肠炎，宝拉酗酒而死。只有卡拉和我还活着。""你们有联系吗？"我问。她说："很少。"

母亲这边的亲戚的情况，我知道得多一些，跟他们共同经历的事情也多一些——除了她的弟弟维利，其他人都死了。而她跟这个弟弟是不讲话的，因为他是纳粹分子，就好像他们当初都不是纳粹分子似的。当然，他做的坏事更多，他曾经诬告自己的父亲有叛国言论。之后我的外祖父就被送进了集中营。他回家时重病缠身，不久就去世了。维利舅舅从波兰回来之后，除了他的妻子玛丽娅没有人跟他讲话。

"我家里有四个人都是一条腿的。"母亲忽然很有兴致地说，弄得我险些错过了往巴塞尔方向拐弯的路口。"一条腿？是因为遗传吗？那我可是够走运的。"

"亨里希舅舅，"她说，"有糖尿病，很早就切掉了一条腿。莫里茨舅舅得了骨癌，也切掉了一条腿。莫里茨舅舅有钱得多，经常把自己穿旧的好衣服送给亨里希舅舅。他失去的是左腿，总得把左裤腿扎起来。可是亨里希舅舅失去的却是右腿，他又不想穿皱巴巴的裤子，所以他们总是吵架。""另外两个是谁？"我问。"我的祖父，"她说，"他是威斯特瓦尔德的鞋匠，又务农又做鞋，有一次他用上好的皮子给自己做了一双鞋，可是当他第一次穿上新鞋想出门的时候，却发现鞋做得太小了，气得他拿把斧子把脚指头砍了下来。这下只好把腿截掉了。"

这回我算是明白了，在我进入青春期之后，母亲对我总是有那么多的怒气和暴躁情绪，原来这才是根源。有一次她用火通条①打得我皮开肉绽，之后像没事人儿似的不闻不问。我让不久之前给我行坚信礼的牧师看身上的伤痕，很快就离开她进了寄宿学校。我们有五年的时间没有见面，毫无对方的音信。只是卡拉姑妈偶尔给我寄个包裹，寄点小饼干、糖和一点钱。

"第四个，"她说，"就是尤普舅舅。他的一条腿在俄国被打断了。他是死在战俘营里的。"

我们沉默下来。我忽然想，我现在问问她吧。已经过了这么长时间，我至少可以挑起这个话头，也许她会说一句"我很抱歉"。于是我问母亲："那时候你为什么那么狠地打我？"

答案马上就来了："我没有打过你。"

我沉默了，加速行驶，高速公路是笔直的，空荡荡的，阳光照耀着，远处出现了一座桥。"妈妈，"我说，"如

---

① 一种用来通火的工具。

果你连一次，就这么一次都不肯承认，承认你那么狠地打过我，我就冲着那个桥墩撞过去。见鬼。"她不说话，我继续开，桥越来越近了。我并线到左道上，朝着中间的桥墩开去，突然之间心静如水。

好吧，又能怎么样呢，我想。也许我跟弗洛拉的交往又是一个错误，有什么了不起，一切还不是都会过去。我的心情异常平静，甚至是如释重负，好像我用不着再做什么决定，有人代替我做出决定了。我死死地盯着桥墩，只等待着碰撞，一边想，我的生命——还能怎么形容呢——是充实的，恰恰是和我母亲一起死去，一起下葬，并排躺着，没有爱，进入永恒，阿门。"丢掉你与生俱来的恐惧吧，我不害怕，我不是一具骷髅……"我想到这里，几乎是快乐的。桥墩越来越近了。母亲一把抓住我的胳膊，叫道："是的是的，可是让我怎么办，我实在拿你没有办法。你那么小就跟男孩子胡闹。"

我放慢了速度，回到右道上，我们两个都长出了一口气。"你那时候很难缠，"她说，"而我的生活又不幸福。"

"就因为这个你就那么狠地打一个小女孩，打得她流血？"我问，直视着前方。"上帝啊，流血，"她说，"还什么小女孩呢，你都会躲到角落里跟男孩子亲吻了。我看见过。你跟你爸爸一样。"

我想起来了，那种纯洁的、孩子气的吻，对方是我在舞蹈课上认识的朋友。我那时候多么渴望爱，因为家里没有爱。就为了这她打我。

母亲沉默了许久，深深吸了一口气，低声说："我当时就后悔了。"我伸过手去握住了她的手，她没有拒绝。我用左手把着方向盘，右手握着她的手。我记不起自己什么时候有过这样的举动，而她又什么时候允许过这样的举动。汽车在我们的沉默中向前行驶。忽然她又开口了，很高兴的样子："这里就是瑞士了吗？""是的，"我说，"要不要我走乡间小路，不走高速路？沿着四森林州湖开？时间长一点，但是景色美极了。""啊，太好了！"她说，"我一直盼着去看看威廉·退尔生活过的地方是什么样。"

我笑了起来，"你还真以为有过这么个人物？"我问。她生气，说："你到底在想什么，总督啊，你去跟老天爷算账吧，你准得送命，你的天数已尽。我从前宁静度日，与世无争——这弓箭只用来射那林中的野兽，是你逼使我行险侥幸，见怪不惊，把我洁净的沉思的甘泉变成蛟龙的毒涎。多棒啊，是不是？他不得不将箭对准他的孩子，最后他说，我在那一刹那极度痛楚里立下的誓愿，是我神圣的义务——我要履行。差不多就这样。是啊，我们都有我们必须承担的负担。[①]"

"你怎么知道这么多的诗句？几乎是半部剧本了，"我问，"我什么都记不住，而你……""熟能生巧嘛，"她说，"那些躲避空袭的夜晚，我们都是靠读书和背诵来打发的，就着烛光。""我们？"我问。她说："我和卡拉。那时我们的丈夫都去打仗了。"

"可是你至今还记得那么清楚。"我说，"我觉得这真是了不起。""因为我总是一个人嘛，"母亲回答，"我就和我自己说话，不断地重复那些句子。"

我驾车穿过几个小村庄，沿着湖畔行驶，她陶醉地喃喃念着路牌上的地名。有一次，当一座小小的乡村教堂出现的时候，她吟诵起来："小塔的尖顶、本笃会教堂的屋脊，还有山墙，耸立在杉树的树梢之上。[②]"

我思索着，母亲身上潜藏着多少生机与力量，我问

---

① 这里母亲时而背诵席勒的名剧《威廉·退尔》中的片断，时而发表她自己的见解。涉及《威廉·退尔》的部分与原文略有出入。译文参考的是钱春绮译《威廉·退尔》，由人民文学出版社于1978年出版。

② 出自德国诗人弗里德里希·威廉·韦伯的诗篇《十三椴树》。

自己，为什么我们两个不能轻松愉快地相处？我总有一种感觉，她不喜欢我，这使我在她面前一副犟脾气，态度冷漠又生硬。而她之所以不喜欢我，是因为我不知怎么变得酷似我的父亲，而自从他解甲归来她就不想要他了——在他们那一代有很多这样的女人，在战争年月中变得独立而刚强。而那些男人带着肉体和心灵的创伤从俄罗斯回来了，重新占据了他们本来已经失去的地位，还想对家里的一切指手画脚——保险箱在哪儿，怎么教育孩子，让女人们回到灶台边去。那时候很多家庭都破裂了。我们这些孩子几乎没有机会去跟这些陌生瘦弱的男人，跟我们从战俘营归来的父亲建立感情。我记得父母之间有过一次很激烈的争吵，母亲冷冷地看着父亲，用一句话结束了争吵："别再做戏了，你跟那些人有什么区别，都是刽子手。"

她就用这句话打破了他为了卫护自己而垒起的坚墙，于是他开始喝酒，交上了那两个女朋友，由此我们的家庭慢慢地完结了。

我把一盘舒伯特的录音带塞进录音机里，母亲似乎和我一样从沉思中惊醒过来，她马上说道：

"音乐，你这上天的礼物，充满崇高的力量和甜美的柔情，当痛苦使我们心碎，你让我们深深感受到你的存在。①"然后她看着我，笑着说："和你一起旅行真好。"在我的记忆里，她从来没有跟我说过这样亲切的话。

我们在库斯纳赫特休息，吃嫩牛肉，配着新鲜的面包，还要了葡萄酒。她和我一起坐在桌旁，矮小而矍铄，穿着蓝色的衣服，两颊微微泛红，时时用她那挑剔的眼神看我。

"你幸福吗？"她忽然问。我想也没想就说道："不。"

她点点头。"和你爸爸一个样，"她说，"没有那个本事让自己幸福。他们一家人都那样，没有一个过得幸福。只除了卡拉。"

"卡拉姑妈怎样呢？"我问。母亲说："她很坚强。她知道自己想要什么。要是没有卡拉，我根本熬不过那个打仗的年月。"她啜了一口酒，瞥了我一眼："你也熬不过。"接着，她又轻声补充一句："要是没有卡拉，就根本没有你了。"

我一动不动地坐着，感觉到此时是一个特殊的时刻，在她心里，在我们之间，有一扇门开启了。她也明白，她不

① 出自由奥地利作曲家安东·布鲁克纳作曲、奥古斯特·索依弗特作词、创作于1877年的一首安魂曲《悼念》。

能不做任何解释就把这句话撂在这里。她揉着一个面包球，并不看我："我原本不想要孩子。在那个战争年月，谁想要孩子呢！那时卡拉也把孩子打掉了，没有任何问题。而我——一直到怀你五个月的时候，我什么法子都试过了，用肥皂水灌肠，卡拉拿毛衣针往里面刺，我怀里抱着砖头从桌子上往下跳——可是没有用。你不肯走，你要活。"

我屏住了呼吸，我的心在狂野地跳动，脑海里出现了几千个画面和无数个问题，心里是一片泪海，全身混合着恐惧与幸福。恐惧，为了生。幸福，为了生。

她说："我们都以为，你经过这些折磨，肯定是个残疾孩子。可是你非常健康。是卡拉把你接到这个世界上来的，在厨房里。炸弹到处乱飞，别人都躲到防空洞去了，我们两个在厨房里，只有烛光相伴，窗玻璃都炸飞了。忽然，你降临人世了。我的上帝啊，你确确实实是个健全的孩子。我和卡拉高兴得号啕大哭。"

我第一次真正理解了，在那个时代要孩子是一种怎样的牺牲，何况是一个自己根本不爱的男人的孩子。他在婚后十五年都没能给她一个孩子，可是偏偏在战争中休假时给了她一个孩子。

我是那样强烈地感觉到母亲因为我是个健康的婴儿

而产生的喜悦，几乎想把她搂在怀里，就像一种爱的宣言。但是我犹豫了一秒钟，就在这时服务生到我们桌旁来结账了。

在我们继续上路之后，我差点把弗洛拉的事情告诉她。我想就这样坦率地跟她说，我爱上了一个女人，这究竟是不是爱情，在我有过长久的婚姻生活之后，有了两个儿子，还有过那么多绯闻之后。但是，我当然什么都没有说。这样的话题怎能跟我的母亲开口呢，我想。

我驾车穿过瑞士境内，身边的母亲变得安静了。她偶尔打个小盹儿，一会儿却又清醒了，坐得笔直向窗外看。"我能看到这一切，这多么好啊。"当我们在基来索驶上通往米兰的高速路时，她忽然问："昨天的柠檬卷你吃了吗？""没有。"我老老实实地说。她点点头："我想到了。"说完这话，她当真睡着了，直到我在米兰市内拐来拐去找旅馆时她才醒来。

我订了两个单间，住两个晚上。她问我："以后你住哪儿？""住在同事家。"我说，帮她在房间里安顿好。晚上我们出去了，我一再地跟服务生说，她的菜里千万不要放大蒜。没过多久她就成了餐馆里的女王。"老妈妈！"这喊声不断响起，她的特殊要求把所有人支使得团团转。

她清晰地用德语说："不要那种什么'浓缩咖啡'，我要真正的咖啡，不要太浓，要加牛奶，但不要小盒装的牛奶！"在我给她翻译的时候，她觉得很奇怪，她说得那么清楚，怎么别人会听不懂呢？咖啡，牛奶，不要太浓，我的上帝，全世界的人都应该懂得这几个词呀，难道不是吗？她觉得这些意大利人很和善，可是理解力成问题。

这个晚上就在不寻常的平和气氛中过去了。当我们两个在不属于自己的空间里的时候，彼此之间就是另一种气氛。我看出来她已经很疲倦了，就把她送回旅馆，自己又出去了一会儿，到酒吧里喝了几杯，想一些事情——想她，想我，想弗洛拉，想我们所有人对生活的期待和生活对我们的打击。我们真的可以实实在在地把握什么吗？还是只能听天由命？我忽然发现自己也像她一样，脑海里浮现出了诗句："这样一个生命之神会无缘由地编织地毯吗？痛苦是一种闪念犹如五彩的图案，而所有苦难的表情都不过是装饰？ [①] "我想，看啊，我们两个比我们以为的要相似得多。有某种意义存在吗，有某个神秘的图案存在吗，或者这一切都只是偶然的装饰，她的强硬，我

―――――――――

① 出自德国作家汉斯·汉尼·扬的剧作《美狄亚》。

的不安分，她坚决地与爱和温情诀别，而我却如饥似渴地期盼着它们？

我有点醉了，第二天早晨她来敲我的房门时才醒来。

"我去吃早饭，"她喊道，"起来吧，天气很好呢。我在下面等你。"

我去吃早饭的时候，她在跟服务生哇啦哇啦地说话。她不会说意大利语，他不会说德语，但是她生气地举着面包：太白！太软！服务生给她拿来了颜色较深的面包，这才得到了她的称赞。她掌控着一切，就好像她这一生都在世界历史的进程中遨游。她身上潜藏着一种什么样的力量啊，在她那苦难卑微的暮年生活中却没有一个阀门来开启这种力量。

这是舒适晴暖的一天，我们在米兰街头散步，她穿着浅灰色半高跟翻毛皮靴，我穿着有利于健康的平跟鞋。今天我知道了，只为了她穿的鞋子，我就会那样爱她，欣赏她，可是直到她去世之后，我才明白过来。

我们四处游荡，大教堂旁边的画廊，购物中心，时装街蒙提拿破仑大道，满街都是时装设计大师的商店——华伦天奴，古驰，温加罗，芬迪，硕大的橱窗里陈放着三千马克的草莓红鞋子或八千马克、只此一件的五彩女式小衬衣，换算成里拉，价码都是好几百万。母亲说不出有多么惊讶，对着价码和商品指指点点。当一个高傲而美丽的女店员从里面望向我们的时候，她拍着自己的额头，向那个女店员——她马上就转过身去了——做出一副鄙夷的样子，"花几百万买一件小衬衣！你们都是疯子！"她喊道。

在一家很雅致的小内衣店里，我给母亲买了一件漂亮的丝质睡衣，为此费了半天口舌才说服她。但她其实很开心，套在裙子外面试了又试，在商店里走来走去。"这么贵！"她说，"我还从来没有穿着睡衣让人看到过呢。谁知道呢，也许快死的时候会让人看到。"后来，她真的奄奄一息的时候，穿的是那种后面开襟的病号服。但是安葬她的时候我们给她穿了这件在米兰买的真丝睡衣，这件衣服买了以后她就再也没穿过。或者说，这件衣服跟她一起火化了。

晚上，我们坐在一家安静的小酒馆里，吃煎玉米饼，配着切得细细的煎牛肉，调味酱的味道也好极了。"今天我请客。"母亲说，又给我要了一杯葡萄酒，自己要了一小杯白酒。她跟着服务生走到柜台前，让人把每一种酒都指给她看。她骂了他几句，因为这里居然没有黑莓酒。

最后她要了卡尔瓦多酒。

"干了，一定要干了。"酒杯放在面前时，她这样说。她高高地举起酒杯，几乎一口就干掉了，活像她家乡鲁尔工业区的矿工。我忍不住笑了，我还从来没见过她这样，她也有些醺醺然。我试探地请求她："讲讲以前的事吧。"她真的打开了话匣子，第一句话就那么出人意料，那么好笑，让我俩大笑了将近十分钟。她说："战争结束之后，露茜到东边去了，给企业干活，干得还挺快活，成天精神十足。"

我觉得这话真可笑，笑得半天停不下来。可是我记起了露茜姨妈寄给我们的包裹，里面装的是腻死人的代用巧克力，而她想让我们回赠给她一些咖啡。"她为什么到东边去了呢？"我问。"因为她信仰社会主义，"母亲说，"我家里人当年都是左派，工人啦，社会主义者啦。不过你爸爸和他那帮兄弟都是纳粹分子，一群傻蛋，跟屁虫，满脑子幻想的家伙，一心想着穿上笔挺的官衣耀武扬威。"

她从来没有说得这样明白过。"我们家里以前从来不谈论政治啊。"我说。"没办法的事，"她回答，"否则得打成一锅粥。你爸爸那边除了两个姐姐，全家人都是纳粹分子。宝拉是因为太蠢才没当上纳粹，卡拉则是因为太聪明。

而我家里却只有维利和别人不同。他也是因为蠢。"

维利舅舅还活着。他好像从不离家。如果他出门，他就一定要戴上帽子和眼镜，把自己包裹得严严实实。他总是担心街上会有人把他认出来——也许他怕的就是那个犹太人。据家里人说，他在波兰把人家的一个手指头剁了下来，就为了得到一个钻戒。那个戒指今天还戴在玛丽娅舅妈的手上。

"你是因为这些才跟爸爸不和的吗？"我问。她说："我在他身边就觉得喘不过气来。他一碰我我就觉得难受。"她喝光了剩余的卡尔瓦多酒，又补充道："在战争中我很快乐。我们都很快乐。过着没有男人的日子。"

服务生过来了，除账单之外还提供了建议：还要咖啡吗，来一杯杏仁酒如何？在付账时妈妈输给了我，因为人家自然不会要德国钱，尽管她把一张百元大钞直伸到人家鼻子底下，嚷嚷着："这难道是假钞吗！这是真正的德国钱哪！难道这里不是欧洲吗！"我付了账，服务生想安抚一下母亲，帮她拿着装真丝睡衣的袋子一直送到门口。不管"老妈妈"怎么样，意大利人似乎都很爱她们。

回到旅馆，我发现弗洛拉给我留了信息。我们已经通过几次电话，她自然已经知道，母亲跟我一起来到了米兰。不过我向她保证，母亲会乘周四晚六点左右的飞机离开。弗洛拉原本说的是周五过来，但是留言中却说："我在周四下午三点过来。我想见见你的妈妈。弗。"

这个消息叫我很不舒服。我根本不希望她们见面。我想跟弗洛拉单独在一起。我不愿母亲过多地涉足我的生活。当然，我们不会把我们相爱的事情告诉她，可是尽管如此，让她们碰面也太亲密，太过分，太涉及隐私，太危险。我想起自己还在家住的时候，上完舞蹈课妈妈去接我时，总是对我的朋友很不客气。"干吗跟我的妮娜好？"她问那个我深深爱着的鲁迪格，"难道就没有更可爱的女孩子吗？"

我整夜都难以入睡，第二天又受了刺激，我们之间曾经有过的芥蒂又跑出来横亘在我们之间。时间慢吞吞地过去，十二点钟才过妈妈就开始催促："我们是不是该去机场了？"跟所有上年纪的人一样，无论做什么她都要提前好几个小时。我跟她说，我们得去机场接我那个从美国来的同事，跟她一起喝杯咖啡，然后弗洛拉和我会送她上飞机。她放下心来，问："她会说德语吗？""会，"我说，"她的家乡在南蒂罗尔的布鲁奈克，那儿的人都会两种语言。"

我一眼就看见弗洛拉。她在人群中如鹤立鸡群，灿烂夺目。母亲坐在我身旁，矮小而雀跃，说道："就是她吧。""你怎么知道的？"我问，"你根本不认识她。""我看得出来，"母亲说，"她放射着光芒。她为你放射着光芒。"

我太激动也太紧张了，没顾得上细想她这句评语。很久之后我才又想起这句话，这才明白，母亲一眼就看出了我和弗洛拉之间是怎么回事。她理解了我们，并且为此而欣慰。

我和弗洛拉默默地用力拥抱了一下，用一个眼神让对方放心，我们之间一如既往。弗洛拉亲吻我那矮小而硬朗的母亲，亲吻她的双颊。

"以前我妈妈也是这么矮的。"她说。"以前？"母亲问。"是的，"弗洛拉说，"她已经去世了。"母亲说："我的日子也不多了。"

弗洛拉笑了起来："您可一点也不像。"她说着，挽起母亲和我的胳膊，走进了机场餐厅。

我们一起坐了将近两个小时。弗洛拉讲了讲纽约的情况，母亲滔滔不绝地讲着我们在米兰的见闻，而我很沉默。我看着弗洛拉，想：她多么漂亮啊！她真的爱我吗？

是的，她是爱我的。我从她的眼神看得出来。当她在桌子下面飞快地按一下我的手或腿时，我就能感觉出来。从我们分别的第一晚我就明白。

可是现在我如坐针毡，弗洛拉很放松，母亲则异常的兴奋。当我们终于把她送到登机口时，她轻轻地拍拍我们两个，活泼地说："好好享受生活，你们两个！"弗洛拉后来跟我说："她一点也不笨。她一下子就看出来是怎么回事了。"我笑了起来，说："怎么可能呢，她们这一代人多古板，做梦也想不到有这种事。"

母亲穿过安检口消失了，我们两个迅速亲吻了一下，我不能肯定母亲是否看见了这一幕，因为她忽然回过头来，喊道："妮娜！谢谢！"

两年以后她去世了，死于中风。有时我们会谈起弗洛拉，她一再地问起她，不过我总是避而不谈，暗暗祈祷着不要让玛格丽特表姐发现弗洛拉经常住在我那里。我跟弗洛拉在一起很幸福，可我绝对没有勇气把这份爱情告诉妈妈。其实，在米兰之行之后，我们的关系缓和了许多——尽管那些乱七八糟的老问题仍然存在，但我们总归亲近多了。这并不是说我们会相互拥抱或是彼此更亲密，但是当我们坐在一起时，不再像以前那样冷漠得可怕了。

母亲住院期间已经瘫痪了，意识也几乎没有了。有一次，我带着弗洛拉去看她。弗洛拉做了我做不到的事：给她剪了手指甲和脚指甲，梳了头，弯下腰来亲吻她。而我只是坐在那里，为每一个逝去的机会哭泣，握着母亲的手，将那只绵软无力的手放在自己的手里。弗洛拉在我身边坐下，一只手搂住了我。母亲忽然睁开了她那双蓝色的眼睛，盯着我们，仿佛她知道我终于得到了幸福，终于安定下来了，她抓过弗洛拉的手放在我的手上。这是偶然，还是有意之举？几天之后她去世了，我们给她穿上了在米兰买的漂亮睡衣。

过了几个月，我清理了她的住所，把家具送了人。我留下了几样小东西做纪念，都收进了一个盒子里。那盒子原本是她用来放旧照片的。弗洛拉从我后面看过来。照片中有我父亲，穿着佩戴 卐 字标志的军装，有我那几位一条腿的舅舅，宝拉姑妈怀抱中的我，还有就是我的母亲，四十年代初期的她是一个年轻美丽的女人。盒子最下面是一个白色的信封，上面写着：妮娜启。信封用透明胶带和胶水封得严严的，我们只好用剪刀剪开。对那信封里的东西我感到一阵慌乱，我能感觉到，她的唯一的、最大的、真正的秘密正在展开。

信封里是四张小小的带花边黑白照片。四张照片上全是卡拉姑妈和我的母亲——母亲穿着一条花裙子。我收拾她的物品时发现它裹在一张薄绵纸里。我从来没有见过她穿它。虽然有些破旧和褪色，可是它那么漂亮，使得我不忍把它跟她的貂皮大衣之类的东西一起拿去捐掉，而是留了下来。在这张照片上，我突然与它相遇了。有两张照片上，母亲在抽烟。我从来没有见过她抽烟。在她身畔，一手搂着她，也在抽着烟的，是卡拉姑妈。她穿着男式西装，衬衣，敞开的领子和领结。她们肩并肩地站着，搂抱着，向着镜头笑着，看上去幸福得无法形容。那是在战争中，照片肯定是宝拉姑妈拍的。背景处放着一辆儿童车，也许我正躺在里面睡觉吧。照片肯定是在她们战争期间的住所拍的，那时卡拉姑妈和母亲住在一起，我认出了墙上那张画着花的画，后来它挂在我们家里，还有放在收音机上黑橡木雕的大象，那象牙是真的。现在，这木雕站在我的书桌上。

第三张照片上，母亲坐在一张沙发椅里，小女孩一样娇小。卡拉姑妈坐在扶手上，一只手搭着她的肩膀，两人凝视着对方。第四张照片上，我的母亲和我的卡拉姑妈忘情地亲吻着，闭着眼睛。

我翻过照片，在四张照片背后看到了同一句话，深棕色的墨水已经褪色，是母亲秀美的字迹：1940—1945，和卡拉在一起。我最美丽的岁月。

银

婚

本和阿尔玛的银婚纪念日到了，在这个美好的傍晚他们请老朋友们一起享用美味佳肴以示庆祝。不对，这个纪念日其实早晨就已揭开序幕——本为阿尔玛买了二十五枝红玫瑰。本来阿尔玛最爱白颜色的花，但这个日子谁都会难以免俗地向红花妥协一回；阿尔玛赠送本的礼物是二十五支高希霸雪茄，本实际上更喜欢抽蒙特克里斯托1号，可是那种雪茄对这个日子来说又太便宜了。这天的早餐比平时长，少不了一些必不可少的仪式性内容，其间穿插着两口子的愉快交谈；自然也掺杂着一丝丝女主人的烦躁，因为阿尔玛为晚宴还要做很多准备工作，偏偏本今天下午在历史研究所请了半天假，这非但帮不上她什么忙，反而还得添乱。

客人一共请了八位，都是些彼此相识多年的老朋友。他们围坐在本和阿尔玛的樱桃木大餐桌旁，边聊边喝，又笑又闹，到第二天凌晨有两对儿分了手，还有一位大概将不久于人世。

可晚上八点钟，当阿尔玛最后一次扫视摆好刀叉的餐桌时，还没有人猜得到会有如此结局。她认为自己组织的庆典活动总是最完美的，哪怕饭局还没有开始，因为她的住宅是最漂亮的，而且没人能把餐桌摆放与装饰得如此艺术。这一切皆因她能将灯光调得明暗适度，整体风格既随意又优雅，阿尔玛踌躇满志地对刚进屋的本露出了微笑，本一把将她拥进怀中。

"你又把一切布置得宛如仙境，"他边说边吻了她，"没人能把灯和花摆放得这么艺术！"

是的，刚才她自己也曾这么想。在一起生活了二十五年后，彼此确实熟悉得连恭维话都说不出新意了，就好像一对夫妻已不再是由两个完全不同的人组成的。这会令人觉得有些累，但或许正是这些耳熟能详的句子起着泥灰的作用，让已经开始剥落的东西还能维系在一起。反正现在没时间想这些了，因为有人在按门铃，第一个到的不出所料还是乔纳森。

近年来乔纳森发福了，身宽体胖，微动就喘，总穿一身黑。不难看出他酗酒，这也是家传，他父母和姐姐都是酒鬼，三个人都喝没了命。本立刻给乔纳森斟了一小杯干邑，因为这位的手一直在抖，他推说是因为外面太冷。

"晚上冷得邪性，"他边说边搓着双手，"你们想象一下，今天我坐了三次出租车，最后一次是来你们这儿。每次我让司机开发票时，这帮蠢货都异口同声地说：'噢，11月24日，再过四个星期就是圣诞节了！'真够有创意的，是不是？"接着他一口气把干邑灌了下去。

本笑了。"今天我从研究所回来跟出租车司机要发票时，我是那个白痴：'哦，再过四周就是圣诞节了。'你猜那司机怎么接的话？'再过六个月又有芦笋吃了！'"

他们笑着走进大会客室，那里有不少经过微调的小灯，还有许多发出亮光的酒杯、蜡烛、白颜色的花和布置优雅的餐桌。那二十五枝红玫瑰已经被阿尔玛放进了自己的阅读室，她觉得它们摆在这里太扎眼、太媚俗。应该把那些蠢货都吊死，她想，那些让男人坚信女人热爱长茎红玫瑰的，其实它们是最让人讨厌的花，只要女人恋爱，就总会收到这种东西。

"哇哦，"乔纳森说，"这是你的杰作，阿尔玛，没人能够企及!"阿尔玛一边吻他心里一边想:今晚要是有人再说这句话,我非疯了不可。她奇怪自己为什么这么烦躁。她曾经为这次庆祝,为这个晚上,为与最好的老朋友们相聚那么高兴过。怎么说呢,其实来的也不都是她的朋友,莱奥和海因茨常常带些让她手足无措的女人来,可她又不能只请海因茨,不请薇薇安。难道能对海因茨说:别带你那蠢货薇薇安?如果认识的几乎都是成双成对的夫妻,往往是虽然只喜欢其中的一个,却不得不邀请两人一起赴宴。例如请克里斯蒂安这位忠诚的老朋友,也得请他的伴侣加博尔。阿尔玛想,别人请他们夫妇时是否也面临这种尴尬。当然,他们俩怎么可能例外呢。那别人到底更愿意请他们二位中的哪一位呢?是有点无聊的本还是她呢?阿尔玛非常能侃,却也十分尖刻,容易伤人,直率得让人下不来台。她猜本比她更受欢迎。

没有哪对儿像他们这样一起生活了这么多年,到今天整整二十五年。克里斯蒂安花了好长时间才找到加博尔这个固定的生活伴侣。不知何故,阿尔玛总是拿同性恋伴侣不太当回事。莱奥和古德龙虽然有个孩子,可他们不住在一起,吵架和闹摩擦则是家常便饭。晚上古德龙总轮流去不同的大师们那里念叨"欧玛尼……",全身心投入地练习瑜伽、打坐和放松；这时莱奥就会去见他的相好——某庞克乐队的女歌手。这件事只有阿尔玛知道，她是个能保守秘密的人，却也为莱奥劈腿而窃喜。她瞧不上古德龙，认为她无聊，大脑门，穿没腰身的宽松式衣衫，张嘴闭嘴就是什么华德福学校①。古德龙一心向善、行善，却火速给莱奥弄出个孩子，现在她遭欺骗难说不是自找。海因茨和薇薇安这一对儿也不是招人羡慕的鸳鸯。薇薇安是海因茨的第二个老婆，阿尔玛跟其前任卡特琳更说得来，但男人一过五十就喜欢以旧换新，换完往往才能品味出这一换换来多少孤独。我们女人无聊时干什么呢？阿尔玛思忖着，我们咬牙挺住。

海因茨是个既成功又富有的保险代理。许多年前，当本和阿尔玛从本的母亲那里继承了非常值钱的比德迈②家具、几张价值不菲的油画和一些古董老瓷器时，他们决定上家庭财产保险，为此与保险公司约好上门估价的时间。门铃响起时，阿尔玛还没穿好衣服，她冲本喊道："本，去开门，这准是保险公司那个碎催。"本打开屋门，

---

① 华德福教育体系由奥地利科学家、教育家鲁道夫·史代纳所创立，以人为本，以自然环境和人类社会和谐发展为目标。
② 艺术上一种介于新古典主义和浪漫主义之间的过渡时期风格，曾为德国、奥地利、意大利北部和斯堪的那维亚各国有产阶级所乐道。

海因茨已站在门口，下面的楼门肯定没关。他看上去挺正派，着西服、打领带，手提公文包，大衣是羊绒的。他一脸坏笑着说："我就是那个保险公司的碎催。"

他们之间马上就建立起友谊，这份友谊经年不衰，就连戴着娜娜·穆斯库莉[①]黑边方框眼镜、既蠢又瘦的薇薇安也无法让这种友谊破裂。

此外还有安尼塔，阿尔玛最早认识的女朋友，她几乎一直单身。无数男人走入过她的生活，上过她的床，进过她的厨房，却没有一个能留下来，因为她也从未想让谁留下来过。现在她已五十开外，事情变得有些悬。孤独的晚年即将开始，安尼塔深知这一点，为了躲避这种孤独，她度假的时间越来越长，去的地方越来越远。在这类旅途中她挥霍着她母亲挣下的财产，路上尽量避免往到处挂着的可恶的镜子里瞧，省得明白自己的青春已逝。

阿尔玛走进厨房，把煲土豆胡萝卜奶油汤的火拧小。马上人就到齐了，她不是那种客人到齐还手忙脚乱瞎忙活的女主人。她坐在桌旁从容地与客人交谈，如果需要拿什么东西，本可以效力。

---

① 娜娜·穆斯库莉（Nana Mouskouri, 1934— ），希腊歌手，国际流行音乐歌星。她的特色形象即黑色长发和黑边方框眼镜。

本和乔纳森坐进扶手椅，点燃雪茄抽了起来。"你们疯了吧，饭前抽雪茄？"阿尔玛抗议道，可这二位完全沉浸在抽雪茄必不可少的步骤中：剪、点、嘬第一口，根本没听见她的话。

除了安尼塔之外，乔纳森是朋友中唯一一位有时不打招呼就过来小酌一杯、抽支雪茄、随便聊聊的。几乎没有人去拜访他，他单身，住处乱得一塌糊涂：空酒瓶、旧报纸、一摞一摞的书，人们在他家都找不到可以落座的地方。阿尔玛有时去看看他，圣诞夜给他带一瓶香槟，生日送个蛋糕，春天捎一把花，但她总是迅速离开那里，因为她觉得在他那儿待久了会窒息。人们难免会惊奇，在这么乱的住宅里，在醉醺醺的状态中，乔纳森居然每隔三四年就能出版一本很有见地的书，而且本本还都卖得不错。阿尔玛在一家书店工作，她知道乔纳森有自己的固定读者群，评论家们也喜欢他，每次都认真地为他的新书在重要报纸的副刊中刊登长篇书评。

当阿尔玛在厨房搅拌土豆胡萝卜奶油汤并把面包放进烤箱加热时，她听到本和乔纳森在谈论黑贝尔[①]和施蒂弗

① 弗里德里希·黑贝尔（Friedrich Hebbel，1813—1863），德国剧作家、诗人。

特[①]。本正在阅读施蒂弗特的《晚来的夏日》，并承认："我觉得此书无聊透顶。大家总都说，应该读《绿衣亨利》，读《没有个性的人》，读《晚来的夏日》。可读这本书对我来说真是一种折磨，我甚至想自己是疯了，要不就是太蠢。"

"哪的话，"乔纳森带着蔑视说，"黑贝尔当年对施蒂弗特的《晚来的夏日》就曾说过：'谁要能把这本书读完，我为他奉上波兰王冠。'""结果呢，"本问，"谁有缘戴上波兰王冠呢？"

"说这话的时候波兰王位已经不存在了，"乔纳森狞笑着说，"黑贝尔没有冒任何风险，但他说的没错。去读读《布丽吉塔》，那本书很棒。"

阿尔玛再次坐到他们身旁，把那瓶干邑拿开了。

"不要现在就开喝。"就在她这么说时，又有人按门铃。她起身去开门，看见本和乔纳森在她转身时再次拿起酒瓶满上了他们的酒杯，就好像她是空气一般，她的话如同放屁，她不由得耿耿于怀。

她与莱奥和古德龙打招呼的嗓门有些高，还和随后到来的克里斯蒂安与加博尔吻得有些太投入，但她马上

---

① 阿达尔贝特·施蒂弗特（Adalbert Stifter，1805—1868），奥地利作家。

又控制住了自己的情绪。

古德龙一如既往地穿着宽松式衣衫，身上发出一股廉价熏香的味道，有些像鸦片或是麝香，总之很东方，阿尔玛想：她可别把我的整个饭局给搅了。可克里斯蒂安和加博尔身上的香水味也浓得呛人，这么一来倒也无所谓了。为什么同性恋男人总爱置身于香雾之中？在大家忙着挂大衣时，阿尔玛赶紧转过身去，免得被熏得打喷嚏。她喜欢克里斯蒂安，也能忍受加博尔，她对同性恋男人没有偏见，近年来她的情色幻想对象已然越来越多地聚焦于女人，而不是男人了。也就是说她对同性性关系并非拘谨、保守和不宽容，但近来她常自问，为什么自己总反感男同性恋伴侣老是打扮得像一个模子里刻出来的。所有人，毫无例外，从一定岁数起上唇都蓄着灰色小胡须，很少能看到他们身穿潇洒的西装或宽松的大衣，而是把五十岁的肚子硬塞进紧紧的牛仔裤，再配上那种瘟疫般流行的时髦外衣——短皮夹克。有这种必要吗？这么没品位的衣着让她愤慨，她已然无法忍受丑陋的东西，就像安尼塔不能忍受谎言一样，后者的厨房里挂着一块牌子，上面写着：请注意您的言谈，这所房子里只容忍真相。这句话是米歇尔·菲佛在一部电影中对肖恩·康纳利说的，安尼塔说："正是这么回事。从某个时刻起，人只能容忍真相，所有其他的，无论是什么，都在人的心灵中造成痛苦。"

克里斯蒂安和加博尔穿着短皮夹克，后者胳膊上甚至还常挎着个男士小包，毕竟阿尔玛的老朋友克里斯蒂安在她的劝说下如今把这毛病给改了。

"快进来，"她说，"要不本和乔纳森就酩酊大醉了。"

莱奥紧紧抱住阿尔玛说："衷心祝福，亲爱的！二十五年，我们别人谁也没做到，今后也做不到。"

阿尔玛回应了他的拥抱并小声说："没人必须做到。这又不是比赛，这不仅仅是纯粹的运气，这你知道。"
莱奥说："嘿，运气，什么是运气？"接着他唱起莱昂纳德·科恩①一首歌中的一句："万物皆有裂痕，那是光照进来的地方。"他递给她一根大麻烟卷。"给你的，"他说，"想抽时自己抽。"

阿尔玛把大麻烟卷放进衣帽间小柜子的抽屉里，催促大家进了屋。就在大家互致问候时，海因茨和薇薇安也飘然而至，薇薇安穿着让人厌恶的自命不凡的皮大

① 莱昂纳德·科恩（Leonard Cohen，1934—2016），加拿大音乐家、诗人、小说家。

衣^①。海因茨从自己珍藏的红酒中选出一箱带来当礼物，他是个了不起的红酒行家。薇薇安吻了吻阿尔玛的面颊，话痨地说："你们结婚时我才十二岁，真是难以想象！"接着她摘下了因室内热度蒙上一层雾气的娜娜·穆斯库莉眼镜擦了起来。

当大家终于在餐桌旁落座时，安尼塔也到了。她总是迟到，总是衣着入时，也总是带着大包小包的礼品。这次带的是一大束花、三瓶香槟、一对送给银婚夫妇的银烛台。她哭了，拥抱着本和阿尔玛喊道："二十五年，我无法想象！"

"那就别费这个劲，"乔纳森嘟囔道，"反正也总是就最初的那两三年美好，那时还有激情，那是打基础的时期。那之后就是一种混合体了：有偶然性、虚荣心、习惯和毅力。"

"你不说话没人当你是哑巴，"安尼塔喊道，几年前她跟乔纳森也曾有过一腿，"你也从未能把一段关系维持到超过两三年。"

"至少你们俩没像许多人那样，过着过着就散了伙。"海因茨试图缓和气氛地说。乔纳森马上回答道："散伙往往比硬撑着死守在一起强得多。共生是以爱的名义牺牲

---

① 自从西方掀起动物保护热潮后，穿皮大衣就成了摆阔与可耻的行为。

自我人格。"

"你是想说我们俩是不幸的白痴？"本问道，乔纳森摇了摇头。

"不是，"他说，"但你们彼此靠得太近，就像两棵老树。你们之间不可能再有什么东西生长。"

瞬间一片寂静，阿尔玛又一次感到惊奇，一向被酒气包围着的乔纳森看问题总是那么敏锐，发议论总是一语中的。就好像他因平时的痛苦独处，一旦与他人交往则能火眼金睛地发现所有问题。安尼塔开启了香槟的软木塞，阿尔玛从厨房端来煲好的汤。

汤盛入每个人的汤盘中，古德龙必不可少地问道："汤里真的没放肉？你们知道我是素食者！"此后大家举杯相碰。

"祝你们共度下一个二十五年！"善良的海因茨祝福说。安尼塔流着泪喊道："那时候我就七十七岁了！"

"又不是你得跟本过二十五年，是阿尔玛。"海因茨边说边吻了阿尔玛，这位心说，再过二十五年，别，饶了我吧，本和她看上去就像两个陌生人。如果彼此太了解，朝夕相处，就没有可待发现的新东西了。乔纳森说得对，没有什么能够再生长了。一丝恐慌犹如颤抖掠过阿尔玛的内心，她慌的是，在自己彻底丧失自我之前，她这个布置得如此舒适和温馨的家，她这种看上去这么幸福的生活将面临什么。

她的土豆胡萝卜奶油汤大获成功，裹了一层面的里脊此刻正在烤箱中烘着，为古德龙则准备了菜蓟配荷兰蛋黄酱。薇薇安讲了她新聘用的清洁女工的事，这位清洁女工害怕在海因茨存放着非洲脸谱的房间打扫卫生。她来自菲律宾，害怕一种什么巫毒魔法。"她就是那么笨。"薇薇安说。海因茨有些不耐烦地答道："别抱着你的那些偏见不放了。这不是笨，这是她对自己国家文化、宗教和古老恐惧的深信不疑。"薇薇安的脸马上就红了，海因茨则透露了他是怎么解决这个难题的。"我在一家纪念品店买了一个便宜的脸谱，"他说，"它看上去跟那个真的一模一样，然后我和她一起在花园把那个新买的烧了。我们稍微变了点儿戏法，现在恶魔被驱走了，她又可以无所畏惧地打扫我的办公室了。"大家都为他的点子鼓起了掌，海因茨喝了一口酒，然后略带不满地转身对薇薇安说："这才是解决问题的办法。"薇薇安傲慢地反驳道："解雇她要简单得多。"

安尼塔有个清洁女工，她不愿擦一面双件套的威尼斯镜子，因为她认为打碎的镜子会带来厄运，人不该去碰。

"我费了很长时间向她解释吹玻璃工艺是怎么回事，罗马帝国时期还无法制作这么大的完整镜子。可她就是听不进去，'镜子坏了会带来厄运。'她说。你们设想一下，我得为此把这么漂亮的镜子摘下来。"她问阿尔玛，"顺便问问，你想不想要？挂你这儿正合适，我现在反正也不愿再照镜子了。"

"不要，"阿尔玛说，"你自己看看，到处是镜子，因为蜡烛摆在镜子前看上去更漂亮。我不想要更多的镜子了。"

"我想要。"薇薇安突然插嘴，海因茨尖锐地告诫她："人家没问你，薇薇安。"

"我的清洁女工，"阿尔玛赶快打岔，"叫埃尔菲，她母亲在马戏团给一位魔术师当过多年助理，每天晚上都扮演被切割的处女。"

大家都笑了起来，莱奥问："这对你那位清洁工的工作有影响吗，她是不是也把所有东西都肢解了？""没有，"阿尔玛说，"可她令我抓狂，因为她不断与她所打扫的东西自言自语，一边干活一边评论。她对瓷砖说：'瞧瞧你们脏的，等一下，现在埃尔菲拿着海绵擦来了。'对水桶她会说：'水又变黑了？那埃尔菲就去换一桶干净的水来。'"

"我们家是加博尔打扫卫生，"克里斯蒂安说，"加博尔擅长这个。"

对此阿尔玛并不怀疑，只是琢磨加博尔除此之外还能干什么。他在一家匈牙利餐厅当跑堂，他自己就是匈牙利人，阿尔玛不喜欢他，怕他利用克里斯蒂安。可他说的匈牙利方言挺可爱，她喜欢听他说话，就问道："饭馆里有什么新的故事，加博尔？"因为他工作的地方总有奇闻异事。

"有，"加博尔说，这个晚上他令人奇怪地显得有些沮丧，话很少，"有个聋哑人的故事，让克里斯蒂安讲吧。"克里斯蒂安握住了加博尔的手，这个举动令大家觉得稍微有点儿意外。然而他开始讲述，前不久有个聋哑女孩挨桌分发写着哑语字母的纸条，接下来她回到各桌去要钱。有位带着两个孩子的母亲买了两张纸条，她对爱发牢骚的两个孩子说：现在请你们学习哑语，然后你们用哑语来交流。那场面很滑稽，那位母亲终于耳根子清静了。

大家笑了起来，海因茨说："有一回我专门给了一位聋哑人二十马克，因为我就是想听听他喜出望外地说：'噢，谢谢！'结果他居然忍住了，只是一个劲点头。"

古德龙抗议道："你们别拿别人的痛苦开玩笑了。"薇薇安边擦她那娜娜·穆斯库莉眼镜边不满地说："我们根本没有这么做，再说了，别人不是也拿我们寻开心嘛。你们以为我不知道你们全笑话我的眼镜吗？"

没人有兴趣对此做什么评论，可阿尔玛忍不住还想再气气薇薇安，她对海因茨说："你还记得吗，海因茨，你跟卡特琳结婚那天，那时候美国人刚刚登上月球。"

"这是我一直无法原谅他们的事。"乔纳森喊道。莱奥接着讲到，那时候在纽约有位黑人曾对他说，若是最早登上月球的白人能在那儿耸人听闻地自杀，那才叫有种。

阿尔玛和安尼塔把用过的盘子收回厨房，又把裹了面的里脊和菜蓟端了上来。

"我受不了薇薇安，"安尼塔说，"她让我想起勒申·马莱特卡。你还记得勒申·马莱特卡吗？"

阿尔玛点点头并把里脊切成窄条。勒申·马莱特卡是阿尔玛当年开始工作的那家书店的老板，如今她自己仍在那儿干。当初老板曾故意刁难阿尔玛。"她也戴同样的眼镜，"阿尔玛说，"也有牙周炎和裸露的长牙，也总是穿屎褐色的衣服，怎么会有人把褐色穿身上呢，我就不明白了，还有就是总摆出对什么都嗤之以鼻的那股假清高劲儿。像海因茨这么好的人怎么能忍受这么一块料？"

"勒申·马莱特卡死了，别跟她那褐色的骨灰过不去了。"安尼塔说，"上帝保佑，我们也快摆脱薇薇安了。据我所知，海因茨已经在寻找下家了。"

"你到底跟海因茨有过一腿没？"阿尔玛问，安尼塔点点头。"不过时间很短，"她说，"在薇薇安之前，我现在都忘了是怎么回事了。"她反问阿尔玛："难道你就从来没有欺骗过本？"

阿尔玛在厨房的一把椅子上稍微坐了一会儿。"没有，"她若有所思地说，"我没骗过他，但不是出于爱或忠诚。我想是没有机会吧，你不觉得这种事很辛苦吗？"

"整个生活都是辛苦的，"安尼塔说着端起了盛着给古德龙的菜蓟的盆，"我不知道哪个更辛苦：发生了什么事还是没发生什么事。"她们一起回到餐桌旁，开始给大家分配主餐。

此间海因茨斟了一杯他带来的名贵红酒，高举着酒杯训导着说，这种酒是用成熟得恰到好处的葡萄酿制的，其单宁酸结构可以证明这一点，自有一种成熟的柔和魅力，往下咽时口感圆润。乔纳森厌恶地盯着他，一口气干了一杯，然后挑衅地问莱奥："别扯什么柔和的魅力，莱奥，你还记得咱们那回吃狗屎的事吗？"

莱奥恳求地抬起手喊道："打住！"他神经质地看了

一眼古德龙，她已然瞪大了眼睛并马上放下了酒杯。

"你们干过什么？"她吃惊地问。尽管莱奥一再示意不要说，乔纳森还是兴高采烈、毫无顾忌地大声继续讲着，他就是那么口无遮拦。

"那是好多年前的事了，有一回我们喝得烂醉，莱奥和我就打了个赌。我说：赌你不会吃狗屎！莱奥问：我们赌什么？我说：只要你吃，我也吃。我当然没料到他会真吃。我怎么跟你们说呢，回家的路上他弯下腰就……"

薇薇安捂着嘴往外跑。阿尔玛喊道："乔纳森，这儿吃饭呢，你讲的都是什么恶心事啊！"可乔纳森欲罢不能。古德龙眼含泪水抓住了莱奥的胳膊。

"你干过这事，"她问道，"真的干过这事？"

"就吃了一点儿，"莱奥避重就轻地说。她号哭起来："可我吻过你！"又呜咽着说："好恶心！"接着她也一口气干了一杯红酒，就如同必须把什么冲下去似的。"别糟蹋这种红酒！"海因茨哀求道，"这种酒得小口小口地抿！"

"他吃了，"乔纳森满意地说，"然后我也吃了。你们知道接下来发生什么事了吗？我们俩难受得不行，可怜得很，我们互相对望着说：'现在我们俩全吃了狗屎，这又有什么用呢？'"他笑得停不下来，莱奥充满歉意地补充道："我们接着又喝了一瓶白酒，而且得我出钱。"然后他冲还在呜咽的古德龙吼道："活见鬼，那时候我还根本不认识你呢！"

"我跟一个吃过狗屎的男人生了个孩子，"古德龙哭着说，"这事让我将来跟孩子怎么交代！""根本不用提，"莱奥说，"根本别提，古德龙。就这么简单。"他又对乔纳森说："你这个混账，非得揭这个短不可吗？"

阿尔玛要出去看看薇薇安，可安尼塔伸手拦住了她。

"让她吐去吧，"她说，"她反正有神经性暴食症，吃了再吐习以为常，这对她不算事。"

本想缓和一下气氛，就说："我刚刚读到不开化的民族吃掉他们的老人，以保障进步。"

"这跟现在说的狗屎有什么关系？"古德龙问。本不太有把握地说："你觉得哪个更恶心，吃狗屎还是老男人？"

乔纳森是唯一还能笑得出的。

"绝妙的主意，"他说，"老男人都应该被吃掉。可我们却做了些什么？我们却让他们进了议会、科学院和诺贝尔奖评选委员会。他们做得对，从前的人完全不能说是蒙昧的。"

"可吃狗屎就是蒙昧，"古德龙厌恶地说，并对莱奥挑衅道，"现在我可没法吻你了，吻前必会想起这档子恶心事。"

阿尔玛看到莱奥龇牙一笑，她不能确定，莱奥是否期待着老婆的吻。"唉，吃饭的时候讲这种故事，我确实认为会倒胃口。"海因茨嘟囔道。本建议："我是不是该去看看薇薇安？""不用小题大做。"海因茨说。

"总不会比衰老更令人倒胃口吧，"乔纳森愤愤地说，"屎难道会比一具衰老、变质的尸体更恶心？"安尼塔叫道："千万别聊这个话题了，不久前我买了一件游泳衣，进那种三面有镜子、照明灯锃亮的试衣间去试。我被那里看到的镜像中的自己吓了个半死，回家痛哭了两天。"

"你买游泳衣干吗呢，"乔纳森问，"有什么用？""当然是游泳用了，你个白痴。"安尼塔回答道，他看着她，喝干了杯中酒，又一次问道："有什么用？"

是的，阿尔玛想，我们为什么如此绝望地期盼青春永驻、魅力长存、健康貌美呢？就好像我们能阻挡住衰败的下场似的。我们会被人称作老年人，大家都假装衰老与死亡并不存在，其实再过几年我们都会满脸皱纹、老态龙钟，最后死掉。

"你们听说过费里尼的那个故事吗？"乔纳森问。正好刚刚又走进屋的薇薇安叹道："你现在可千万别说他也吃过狗屎。"

"没有，"乔纳森说，"他在旅馆的走廊里看见一个老男人，这位走出房间锁好门，马上又把房门打开，探进头去用鼻子嗅着。'您干什么呢？'费里尼问，那人回答道：'我在检查，我离开房间后，那里是否充满老男人的味道。'费里尼说，此后他也学着这么做，结果令人沮丧，他永远都能闻到一股老男人味道。"

大家都不说话了，薇薇安再次坐下来，推开盘子说：
"现在我什么也吃不下了。"

"别这么做作，"海因茨拿过她的盘子，把她剩下的吃完了，"我还以为，像你这种能吃发臭的活牡蛎的主儿，根本不会觉得什么东西令人恶心呢。"

"你们知道我从哪儿意识到自己老了吗？"乔纳森问，"我发现自己在火车上不再看书了。我因要去各地朗读自己的作品，经常在路上，从前我在火车里着魔般地工作：看报纸、写东西、阅读。现在我就那么静静地坐在那里，看着窗外的风景，只想看风景，这让我的心灵平静。我戴上耳机听舒伯特，只能听他的曲子了，别人的音乐根本令我无法忍受了。"

莱奥说："你该听听鲍勃·迪伦^①。"乔纳森粗暴地回答道："别拿你那狗屁的鲍勃·迪伦来烦我，你有什么资格谈衰老！"然后为了缓和气氛他又跟莱奥碰了碰杯，这样他们又重归于好，莱奥的脸上再次露出笑容。

"我现在得喝点儿白的，"平时从不喝白酒的古德龙宣布说，"要不狗屎的事就过不去。"

"你别跟那可恶的狗屎没完没了好不好！"海因茨说着给她倒了一杯格拉帕。安尼塔接过话茬道："喔，说起白酒，前些日子我去克罗伊茨贝格^②，那儿有个酒馆，橱窗里挂着块牌子：浅色白酒，两马克；深色白酒，两马克。^③"

"什么意思？"薇薇安问。安尼塔又重复了一遍："浅色白酒，两马克；深色白酒，两马克。"说完又捧腹大笑。薇薇安生气地问："这有什么可笑的呢？"乔纳森笑得几乎流出了眼泪。

"这没错，"他说，"这就是柏林，总是清清楚楚，总是明明白白。哈克雪庭院^④的一堵墙上至今还写着：'从

---

① 鲍勃·迪伦（Bob Dylan，1941— ），美国歌手、词曲创作人、作家、演员等。
② 德国柏林的一个城区。
③ 浅色、深色本是形容不同类型啤酒的形容词。
④ 原东柏林街区。

底层筑起社会反抗力量！’”

"你去柏林做什么？"阿尔玛问，"我还以为你讨厌柏林呢。"

"谁不讨厌柏林？"乔纳森说，"但这并不妨碍我偶尔去一趟。我是去做报告的，题目是：肥皂剧在转世研究中的意义。"

"你这是在开玩笑吧？"古德龙问，她在印度浦那住过很长时间，是转世研究方面的专家。

"是的，"乔纳森说，"我是在开玩笑。"古德龙被弄糊涂了，不知道这话该怎么往下接了。

在吃由树莓、红酒、奶油混合制成的餐后甜点时，本敲了敲他的酒杯，想致辞。

"别，本！"阿尔玛尖锐地说，"请不要说，现在不要这么做。"她害怕他老生常谈、没完没了，也怕他谈到太私人的幸福、感恩和二十五年的美好生活等等，这会让她无法承受的。

他有些不满地看着她说："可这是我们的纪念日，我想……"

"正因为如此，"她说，"你不要现在这么做。"

海因茨站起来说："那我就代劳吧。本，阿尔玛，你们仍旧在一起，这太美妙了。我祝福你们和我们大伙儿。阿尔玛，谢谢你的美味佳肴！我希望，你们还会幸福地继续长期生活在一起。"

"没有幸福。"乔纳森反驳道，薇薇安喊道："有，只是并非人人有。"

"幸福，"乔纳森说，"是照在旅馆壁纸上的太阳。否则它只存在于回忆中。只有失去幸福后，人才知道什么是幸福。"阿尔玛知道，她曾经很幸福，和本在一起时也曾很幸福，但这已经成为过往。他们之间发生了什么，但到底是什么呢？是很严重的事，还是从根本上说很平常的事？地毯也会越用越旧，不是吗？

本不想就这么被剥夺了发言权，他又重新开始。

"我想给你们讲一些事，"他说，"是阿尔玛和我去年夏天遇到的。"

"别，本，"阿尔玛说，"这是一件涉及个人隐私的故事，请你不要现在讲。"

本既吃惊又生气地望着她。"这有什么可私密的？"他问，"就是个疯狂的故事而已，何况在座的都是咱们的朋友。是这么回事，你们知道，去年阿尔玛和我又去了一趟法国，去的是布列塔尼，我们刚结婚那阵子常去那儿。"

阿尔玛把椅子往后推了推，走了出去。安尼塔跟随她进了厨房。

"你怎么了，"安尼塔问，"这是个什么故事，讲的事我知道吗？"

"不，"阿尔玛说，"没人知道，我不觉得这是他现在还可以骄傲地讲述的事。不是什么光荣的事，这件事就像一块石头一样压在我的胸口上。"

她向安尼塔讲起了那次令人失望的旅行。一连数小时他们驶过长长的林荫道和一座座小村庄，两个人并排而坐却默默无言，大概都在回忆，过去他们曾在何处野餐过，在哪块草地上做过爱，但他们都避免谈起这些，就连在旅馆湿冷的床上也闭口不谈，他们并排躺在床上，谁也不碰谁。

"再也没有比这更愚蠢的了，"阿尔玛说，"去曾经幸福过的地方旧地重游。人感觉到的只有损失，以及这种损失带来的痛。"

她继续讲着，他们后来到达了普雷黑莱尔，这是他们当年夏天第一次一起度假的地方。一个三十多岁的瘦高男人在街上遇到他们，突然愣住了，激动得热泪盈眶，拥抱他们、吻他们，高举起他们转圈，一再喊着他们的名字，幸福得忘乎所以。

"这个人就是亚尼克，"她说，"当年他是个十来岁的孩子，是个农民的儿子，那年夏天我们的露营帐篷支在他家的草地上。他常来找我们玩儿，本教他游泳，我们允许他在田野里开我们的雪铁龙2CV，他还可以抽我的烟。我们跟他爸爸说不要再打他，亚尼克是个柔弱可爱的孩子。"

阿尔玛出了一会儿神，然后她含着眼泪望着安尼塔。

"你知道，我们很爱他，"她说，"那个夏天他就像是我们的孩子，我们真的很爱他。后来我们就走了，就那么把他忘了，遗忘了。我们有了自己的生活，二十四年中都没有再想起过这个孩子。我们是什么人啊！"

"每个人都有自己的生活。"安尼塔试图安慰她，可阿尔玛摇摇头说："他没有忘记我们，他保持了自己的那份爱。"

因为阿尔玛不想太戏剧化地延长自己离开的时间，她们一起回到起居室，这时本正骄傲地讲着：

"现在他在巴黎当地铁司机，有两个孩子。你们能想象得到吗，他给一对儿女分别起了我们俩的名字——阿尔玛和本。是不是很棒？"

"真是无奇不有！"薇薇安喊道，乔纳森看着阿尔玛发出了会心的微笑。

在冷场之前，幸好古德龙讲起了一个美国的代孕故事。一对美国夫妇找人代孕，结果生出一对双胞胎，可这对夫妇说他们预订的是一个孩子，也只想要一个孩子，所以就领走了一个孩子。另一个被送进了孤儿院。"这是不是太骇人听闻了？"古德龙问。整个晚上一直一言不发地坐在那儿，时不时握住加博尔手的克里斯蒂安突然说："加博尔得了艾滋病。"

本把刀叉放到盘子边，停止了咀嚼。安尼塔用手捂住了嘴。薇薇安向外跑去，好像又要呕吐。古德龙把手放在胸口，闭上眼睛，试图调整呼吸。莱奥用颤抖的手点了一根烟。海因茨看看这个，再望望那个，希望现在有人能说点什么。阿尔玛说："不会吧。"

"会的，"克里斯蒂安说，"他做了检查，是阳性。"

坐在加博尔身旁的乔纳森伸手抱住他的肩膀，这个动作让阿尔玛很感动，因为她知道，乔纳森平时总是尽量避免和其他人有肢体接触。

"加博尔，"他说，"还可能会有好几年的好日子。你现在知道了，那又怎么样呢，我们大家都得死，你也许还能活十五年、二十年，这可比我这个酒精肝的人能活的时间长多了。干杯！"

他一口气干了杯中酒。

克里斯蒂安哭了起来，阿尔玛走到他身边用餐巾纸为他擦眼泪。

"别哭，"她说，"现在不是哭的时候，现在得继续生活。如今对艾滋病的研究力度超过了对其他疾病的研究，可能还会出现转机，加博尔。"

"不会有转机了，"加博尔可怜地说，"跑堂的差事也快做不成了。"

"还可以想别的办法。"海因茨喊道，他很高兴自己也能加入安慰者的行列，"我在自己公司给你找个别的活干。"

古德龙重新睁开眼睛，做了个深呼吸说："别生我的气，现在我得走了。一下子听到这么多负面消息，让人受不了。我想一个人待会儿，打打坐。"莱奥本想站起来和她一起走，被她拦住了。

"不用，"她说，"请不要跟我一起走，我现在需要独处。我会打电话的。"

在门口她遇到了薇薇安，后者问道："我们现在就走吗？"

"我走。"古德龙说。薇薇安从衣帽间拿起大衣说：

"我也走,整个晚上我都非常不舒服,对不起!"说完这两个人就消失了。

"蠢女人!"海因茨说。屋门关上后他又转身对莱奥说:"我是指薇薇安,不是指古德龙。""两人全是蠢女人!"莱奥说,接着他又问克里斯蒂安:

"他有了艾滋病,是不是也会传给你啊?"

"不会,"克里斯蒂安叹着气说,"可以注意。我没有,我也不会有。"

"加博尔,你说两句。"本对他说。加博尔耸了耸他那消瘦的双肩回答道:"我能说什么?你们谈到了衰老和死亡,可有的时候,人还没有老,死亡就提前来了。"

"它不会来的,"莱奥充满信心地说,"有对付它的药,还有健康的饮食。你现在知道了,就可以这么去生活。这不是悲剧。"

"对我来说这就是悲剧!"克里斯蒂安呜咽起来。阿尔玛第一次思索起来,克里斯蒂安看来真的爱加博尔。以前她没认为有这种可能性,她自己都不完全相信自己的话,却说:"别这样,我们大家会一起面对的,这你会看到的,你们会看到的。"她重新坐到自己的位子上。

海因茨开了一瓶红酒。"这酒,"他说,"是最好的酒之一，现在正是该喝它的时候。是在橡木桶中酿造的，本来喝前应该先倒出来醒着，可也不必拘泥细节。特殊情况得饮特殊红酒。"

他先给自己斟了一杯，品尝了一口，闭上眼睛说："嗯，口感柔和，有劲，特别是往下咽的时候能感觉到。"

他给大家都满上，加博尔本来不想喝。"不能喝太多酒。"他说，但海因茨坚持让他喝："这不是酒精，对你来说它是药。"

他们互相碰杯，大家突然都不说话了。

"那好，"海因茨说，"既然我们已经在坦承一些事，我要告诉大家：薇薇安和我决定分手。"

没有人说话，大家都若有所思地坐在那里，海因茨失望地说："嘻，你们大概都猜到这个结局了吧？"

"没有，"乔纳森直言不讳地说，"只是没人对此感兴趣，海因茨。"

安尼塔觉得还得对加博尔和克里斯蒂安说些宽心的话，就笨拙地问："你们俩现在打算怎么办呢？"

克里斯蒂安擦了擦眼泪，往餐巾纸里擤了擤鼻涕，微笑道："我们打算怎么办？我们还能怎么办？继续喘气呗。"加博尔赞同地点点头。

"尼采说，"已经微醉的莱奥刚开了个头，又打住了，"尼采说了什么，也无所谓了。"

乔纳森笑了起来。"什么，莱奥？"他故意逗弄他，"怎么会有这等事，尼采会对什么事不发表意见？你们还记得吗，"他转向大家问道，"莱奥当年是怎么在全国各地的戏院和报告大厅里背诵尼采的精彩篇章的？每天晚上都有人在市剧院给他化妆，每次都得花两个小时，高高隆起的脑门、茂密的头发和上唇的小胡子，外地小地方化不出这个效果。那妆化得没治了，是不是，莱奥？你就是尼采。他穿上那年月的老式衣服，开着他那辆标致就上路了，为的是走村串乡地去下面给普通百姓表演尼采。有一次我陪他去的，我永远忘不了，在古梅尔斯巴赫红绿灯路口，人们是如何吃惊地盯着方向盘后的尼采看的。"

没有人真能笑得出来，这个晚上算是结束了，大家都能感觉到。海因茨和莱奥告辞了，他们用车捎上加博尔和克里斯蒂安。乔纳森还想和本再抽最后一根雪茄，安尼塔和阿尔玛在厨房收拾。

"我想离开本。"阿尔玛说。

"别！"安尼塔目瞪口呆地一屁股坐到一把椅子上。

"必须分手，"阿尔玛一边冲洗酒杯一边平静地说，

"我大概还能活十五到二十年，我想再为自己活一回。"

"可你们这个家多温馨啊，"安尼塔说，"要能有这么个家，我什么都可以牺牲……"

"那你就跟他过吧。"阿尔玛脱口而出，接着又补救道："请原谅，对不起！"

安尼塔说："对此我现在什么也说不出来。我也喝高了，现在我先回家，过两天我会打电话过来。阿尔玛，别草率行事。"

她吻了阿尔玛，跟起居室的男人们告了别，就走了。阿尔玛听到她汽车的启动声，她无论喝多少酒都亲自开车，她非常害怕落到那些——用她的话说——种族主义、鲁钝和充满仇恨的出租车司机手中。

阿尔玛关掉厨房的灯，一切都明天再收拾。明天。本在起居室告诉乔纳森，他想投入两万马克购买新西兰元。阿尔玛没有说晚安，而是走进了客房，和衣倒在床上。她闭着眼，思索着什么重要、什么不重要。她突然感到惊奇，以前认为重要的如今毫无意义，也就是说，现在她觉得重要的，有朝一日同样可能被证明是没有意义的。一切都是个时间点问题。

"我去巴黎，"在最终睡着前她这么想，"我去看望亚尼克和他的孩子们，船到桥头自然直，到时候就知道下一步该怎么办了。"

说到底，生活就是个谜，是个秘密，而且没有谜底。幸福，阿尔玛想，幸福就像旅馆壁纸上的阳光，乔纳森说的没错。

鲍里斯·贝克尔^①挂拍时

---

① 鲍里斯·贝克尔（Boris Becker，1967— ），德国前网球运动员，17岁时就成为温布尔登网球锦标赛成年组男单冠军。退役时已赢得49个单打冠军、15个双打冠军。

1999年6月30日，鲍里斯·贝克尔最后一次参加温布尔登网球赛。他输了，然后他说"告别的时刻到了"和"幸好一切都结束了"。

　　我们都料到早晚会有这么一天，但当这天真的到来时，大家仍旧难免抓狂和目瞪口呆。再也看不到我们的鲍里斯在网球场叱咤风云了！我们中的大多数对体育根本不感兴趣，对网球就更是如此了。"第二次世界大战中死了5500万人，"文策尔总说，"而我却该关心谁在网球世界排名第三？别给我添乱了。"

　　其实我们唯一认可的民族体育运动是足球，世界杯足球赛时我们碰头的酒馆一场不落地转播，而且大伙儿还赌很高的输赢。可是鲍里斯·贝克尔逐渐令我们着迷，他是个红头发的少年，眼睛与睫毛颜色都很浅，突然作为网球选手就脱颖而出了。这小家伙胖乎乎的，有点儿笨手笨脚，看上去并不是那种特别机灵，穿着白色短裤的、典型的有钱人家的网球小童星。我们看着他长大成人，当了冠军，迷人、自信、优雅和自主。偏偏是这位条顿人中最金发[①]的他娶了一位黑肤色的妻子，我们都为之欢欣鼓舞。我们喜欢他赢球时的欢呼，若是他绝望地把球拍扔到地上，大喊"该死"，我们则和他一样痛心。因为他上网，所以我们也上网。不能再看见他，至少不能看见他穿着短裤、攥着拳头——无论是出于愤怒还是因为高兴——奔跑，我们的心都快碎了；因为他还说了："明年我还会来，但会穿西装、打领带。"现在他退役了，因为他知道是该退场的时候了；而我们这帮跟他一起变老了的，要比他老得多的人，却仍旧坐在我们一直坐的老位置上。想当年我们接受了他，与他一起度过了许多年时光，现在他就那么走了，把我们留在了这儿。我们的感觉就像空巢老人，孩子们长大成人终于离开了家，犹如用看不见的字迹在门上写："现在你们老了。"

---

① 西方孩子的头发颜色会随年龄增长而发生变化。

那是一个星期四：闷热、无聊，铅一般沉重的一天。雷雨将至，我带着一捧采自花园的鲜花，骑车去墓地给母亲扫墓，扔掉枯萎的旧花，摆上新鲜的新花，再次请求她原谅一切。她一如既往地不理睬我，其实我还有很多事想跟她商量。可我们错过了机会，现在她的骨灰装在一个黑色的价值685马克的骨灰罐中，埋在这里，我们在上面种了白玫瑰、薰衣草和紫罗兰，她在花下沉默不语。我知道她在这个日子肯定愿意最后再看看鲍里斯·贝克尔，她也喜欢他，凡是刊登了他消息的报纸，她悉数购回。奥贾兰[①]被判死刑会让她情绪激动，因为他也招她喜欢。"流氓，"她说，"可他是对的，几百年来库尔德人就一直被出卖，所有人都出卖他们，特别是土耳其人。你怎么看？"我说我看不透这些事，她就像往常一样叹道："你说我们让你上大学有什么用。"

第一次中风前，她一直头脑清醒、注意力集中并具有批判精神。那次中风使她的半个大脑处于瘫痪状态，第二次中风则顷刻把她变成了一个生活不能自理的老人。

---

① 阿卜杜拉·奥贾兰（Abdullah Öcalan，1949—　），原库尔德工人党总书记。1999年，奥贾兰在土耳其被判处死刑，后随着土耳其废除死刑，改判为终身监禁。

这还是不久前的事，我还没有领悟到死亡到底有多沉重，也没有从那场必须看着亲人死去的惊吓中恢复过来。其实我每天晚上都把自己灌醉，为的是能好歹度过那漫漫长夜。时间并不能让所有的伤口愈合，时间就是伤口。

这天晚上我仍旧骑车前往我们的老酒馆，酒馆门上方绿色霓虹灯闪出的字是：放下一切！门的右侧有一条老的喷上去的涂鸦标语：向法西斯宣占！喷的人把战字的"戈"忘了，但只要观点正确，稍微写错一个字又算得了什么。这条标语下面还有用粉笔写的，已经被冲洗掉的"抱起团来吧"，让人看着很感动。

他们都已经坐在酒馆里了，正在谈论鲍里斯。

"告别的时刻到了，"文策尔气愤地说，"简直胡扯，留下来的时刻到了！在这个到处可见愤青、自以为是的城里人的时代我们需要你！弗里茨，再上一圈酒。"

弗里茨又给大家上了一圈酒，情绪沮丧，因为他和老婆吵了架，这老婆是跟他分居以后才正式成为他老婆的。他们一起同居了十年，共同经营起这家我们大伙儿喜爱的小酒馆，在大伙儿帮助下还养大了女儿拉蒙娜。然后：一切结束，当她的公猫在家门口被车轧死那天，她出人意料地把他赶出了家门。赫拉流着泪把公猫埋葬在后院中，埋时她意识到，自己是多么爱这只公猫，而对弗里茨的爱则几近消失殆尽，所以弗里茨必须走人，也许她也写了：告别的时刻到了，弗里茨！

总之他找了个住处，不久后他们在彻底吵翻的状态下结了婚。赫拉坚持要结婚，好让孩子最终生活在受法律保护的关系里，也省得弗里茨动心思不付抚养费。反正她这辈子也想结一回婚，那么为什么不现在结呢，在一切都已成为往事的时候？

我们大家都去参加了这场婚礼，还穿着露出一截的难看的橙色或粉色的裤子，外套是羊皮的，上面有刺绣花纹。这种印度朝圣服是七十年代流行的服装，我们穿着它们刚参加完一场葬礼，是卢德格尔为他第一部电影拍摄的场景，我们穿成这样是去当群众演员，自然是白干喽。作为感谢，卢德格尔请大伙儿在弗里茨那儿喝了几圈酒。电影中被埋葬的是位上了岁数的嬉皮士，我们冒充他的朋友，去送他最后一程。我们倾巢出动：文策尔和胡博蒂，他们俩是左得不能再左的卡巴莱讽刺小品剧搭档；卡尔，他开唱片公司成为百万富翁，却仍旧是个托洛茨基分子；小施米特（昵称小施）是个理发师，下班后他也曾在酒馆的厨房里为我们理过发；尤普和达尼洛一起开了一家木制品店，设计一些没有人愿意买的新潮家具；还有漂亮的杨尼，她阅人无数，每次都信誓旦旦地说这次遇到了真爱，两天后又找到了新欢；还有土耳其人塔伊丰，他的方言说得比我们之中有些人还要好，我们常拿他来显摆；还有我的闺蜜罗拉，她是个音乐人，经常创作伤感的工人战斗歌曲，却找不到愿意听这些歌曲的工人，只好唱给我们听；还有安静的象棋手弗朗克，他总是跟自己或电脑下棋；还有我，穿着剧组提供的绿裤子、带金链子的皮夹克，背后还写着：加利福尼亚旅馆。

这回我又站在墓地了，可这回下葬的不是装在骨灰罐里的我母亲的骨灰。"让家属亲自埋。"负责葬礼仪式的人说着把两位掘墓人推开了。这回只是电影里的下葬场景，我们大家应该——这是卢德格尔的要求——尽量显得震惊地观看下葬过程，但不必非要真的有什么感触。

我母亲下葬那会儿，当我们家属亲自掩埋，也就是说用两根绳子把骨灰罐慢慢降入墓穴中时，我确实没有什么感触，感触是后来才涌现的。我们把泥土抛到骨灰罐上，那一刻我只是想，我妈那么爱干净，一辈子都不屈不挠地与肮脏战斗，现在还是败给了泥土。我只是想到这个。但在这个电影中的葬礼上，我的心情很沉重，就像胸腔里有个冰块正在融化，这正是我害怕的，因为这团冰化成的水会在我的灵魂中引发水灾。我愿意继续做冰山，这座冰山露出水面的是白色、可爱的一角，人人都能看见；但我那些巨大而黑暗的部分却隐藏在下面，既坚硬又危险。我害怕朋友们不够小心与我相撞，那他们就玩完了。我总是躲在边儿上。

看着墓穴中的空棺，我在心中为大家致哀，我们或多或少都离这种下场不远了，弗里茨会把记着我们酒账的啤酒杯垫①扔进我们的坟墓。

参加完电影中的葬礼后，我们这拨穿得稀奇古怪的人衣服都没有换，就赶去参加弗里茨和赫拉的婚礼了。第一次看到两个人不是在爱情开始的时候结婚，而是在爱情结束以后，这给我们留下了深刻印象。我们觉得这样做是诚实、符合逻辑以及公平的。爱情并非安全的长椅，而婚姻则会为赫拉和拉蒙娜提供最低限度的生活保障，我们认为这没有什么不妥，就连弗里茨都说："我为什么不该娶她呢，就因为她现在把我赶出来了？"念到"直到死亡将你们分离"时，大家都笑了起来，赫拉说：

---

① 德国酒馆常用在啤酒杯垫上画道的方法记录顾客喝了多少酒，以便算账。

"按照这个说法我们已经死了，因为我们已经和离婚的状态差不多了。"

婚礼后在酒馆里喝喜酒时，大家都喝得酩酊大醉，赫拉和弗里茨在那天甚至都没有拌嘴。

可今天，在鲍里斯输球并告别网坛的这个晚上，弗里茨却气不打一处来。他有了个新女朋友，想跟她一起去看电影，是一部罗伯特·德尼罗演的片子。按照排班表赫拉应该接替他上晚班，她却没有出现。"她说她不想冒傻气，"弗里茨气愤地把我们的啤酒和白酒重重地撂在桌上，"在我跟那个娘儿们在电影院看电影时到这儿来上班。突然就吃上醋了。这回可不能便宜了她，2000年降临的前夜我要让她来上班，让她跑堂，整宿都让她跟你们这些白痴泡在一起。"

"2000年降临的前夜，"塔伊丰说，"那就是一个跟平常没什么两样的晚上，我们根本不想知道它到了，你记住了！12月31日我想在这儿安安静静地喝我的小酒，和往常一样。要是'千禧年'这个字眼儿哪怕出现一次，我就砸碎你的酒馆。""你不会这么做的，"弗里茨快快地说，"要不他们会把你遣送回安卡拉的。"

"千禧年，"文策尔呻吟道，"我只要听到这个字眼儿就已经受不了了。又是这么一个日子，届时会提出所有最后通牒式的问题：我们从哪里来？我们是谁？我们向哪里去？动物有灵魂吗？植物有感觉吗？我们新年前夜还是干脆逃离这里吧，那我们就不必听这些老生常谈了。"

接着大家就讨论起2000年来临前那个夜晚我们可以做什么。杨尼刚看完电影《好景俱乐部》①，两眼哭得跟桃似的，从此愿意与孔佩·塞贡多共度余生，她说："咱们就去古巴吧，去那里庆祝革命四十周年纪念日，趁着菲德尔和古巴还在。"

"我去古巴？这可恰恰是我不想做的。"文策尔说，"他们背叛了社会主义，那儿的人坐牢的时间超过世界上任何地方的人，菲德尔②的同志们蹲班房的时间比曼德拉③还长。"

"尽管如此，你还是可以去的。为了伸张人权，你

① 《好景俱乐部》（ *Buena Vista Social Club* ），又名《乐土浮生录》，是德国导演维姆·文德斯为诞生于1996年的"好景俱乐部"乐队拍摄的音乐纪录片。乐队名起源于古巴哈瓦那的一家俱乐部，成员均为古巴二十世纪五六十年代的杰出音乐家。下文的孔佩·塞贡多（Compay Segundo，1907—2003），为乐队吉他手。

② 即菲德尔·卡斯特罗（Fidel Castro，1926—2016），古巴第一任最高领导人。

③ 即纳尔逊·曼德拉（Nelson Mandela，1918—2013），南非反种族隔离革命家、政治家、慈善家等。

可以再次让人每天把你绑在任何一座公共建筑物上一小时。"塔伊丰建议道。在希腊军事独裁时期，文策尔作为学生就曾出于抗议这么干过，男厕所的墙上至今还挂着当年相关报道的剪报，装在镜框里，已经泛黄了。下面是一条涂鸦：工人做工，诗人作诗，老板捞钱。

"为了世界正义再次让人把我绑起来，"文策尔一边仰脖喝着格拉帕一边说，"这个主意不错，我可以这么干。天好的时候去沙滩晒太阳，下雨时去让人绑，完全可以绑它两三个小时。一言为定，去古巴算我一个。"

我也刚看完《好景俱乐部》，也哭得稀里哗啦，被那些能演奏这么美妙的音乐的老人所感动，希望自己也能活到九十二岁——但愿能比我那长眠在685马克骨灰罐里的老妈运气好些，我渐渐充满幸福地走出了电影院。幸福的感觉仍在持续，我愿意成为一个更好的人，在这些朋友中我感到平静祥和。

我们这些人都四五十岁左右，男的都依旧或重新留着编成发辫的长发，女的全不为了美貌而去用什么防皱霜。1968年[1]虽然已成历史，但还没有遥远得让我们不再

---

[1]　指二十世纪五六十年代，在联邦德国发生的一系列激进的批判与带有复杂政治因素的抗议活动。其目标之一在于人的解放，即带有反权威色彩的对统治关系的反对。

忆起。我们之中从未有人想要看《世界报周末版》或是订阅《法兰克福汇报》，我们始终知道敌人在哪儿，我们希望典型的自由民主党的选民们会越来越老、越来越痴呆，直到有一天全部死绝。"不许他们有接班人。"胡博蒂总说。可是星期五晚上，常有一些年轻的、衣冠楚楚的证交所的小伙子们出现，他们多是开着红色的跑车从周围的城市来我们这儿，我们这个酒馆在他们眼里就像是远古恐龙的群落生境，看到我们他们常常会惊奇，若是听到汤姆·威茨的歌曲，他们会叫道："这是什么蹩脚音乐啊？"每到这时，我们就不那么有把握，这些人会不会成为未来的主子。1968年我们曾大声呼吁：不要给任何人权力！所以我们现在也就没有权力。

卡尔，我们的左派百万富翁，不屑地说："只要一看见这类人就让我恶心。他们早上去上班的路上还要顺便去一趟多米娜①那儿，好让多米娜往他们的阴囊上扎针；然后他们再乘电梯前往第二十层，好敲定铜的价格。"

不久前卡尔刚刚跟警察闹过摩擦，他说，就是跟那些当年在瓦克尔斯多尔夫对咱们大打出手的雷子一样的

---

① 指对性受虐狂者施虐的女子。

警察，现在有这么一位警察给他打了个电话，因为有人在他家外墙上写了库尔德标语。

"您是房主吗？"警察问，卡尔说是，然后警察说："那就请您报个案吧，针对不知名者就行，然后我们就可以因财产损失而立案侦查。我们知道该去什么地方寻找写涂鸦标语的人。"

"涂鸦？"卡尔吼道，"我没听错吧！我该不该因为——你们管这叫什么来着？——污蔑举报您呢？您太放肆了，这房子是我的，您懂不懂？我的库尔德朋友把他们的合理要求写在我的墙上，为此我感到骄傲。少拿你们那套向警方告发的烂事来烦我，我不想掺和。"说完他就把电话给挂了。我们大家都为卡尔感到骄傲，他让雷子们看到，今天的百万富翁与昨日的百万富翁已不可同日而语，哪怕他们如今会花更多的钱去买卡尔文·克莱恩内衣，而不是像从前的有钱人那样给尼加拉瓜的武装游击队捐款。

小施气喘吁吁、义愤填膺地闯进酒馆。他那长长的、漂亮的灰白头发扎成马尾式，在他后背来回晃动。他的发廊就在酒馆旁边，他是我们大伙儿的理发师，每次遇到有人让他给剪短发，都免不了动气；若是有人要尤尔根·特里廷①那种马桶盖发型，即上边的头发留着，下边的剃干净，他都予以拒绝。这类顾客他都给介绍到拐两个街角的安妮发廊去。"在那儿您可以让人糟蹋您的头发，"他说，"我不干这种事。"

小施也刚看完《好景俱乐部》，很放松地走出电影院，他同样也决心成为一个更好的人，明天送给他女朋友两朵栀子花，并对她说："雷妮，若是花枯萎了，我就知道，你不再爱我了。"就像伊布拉印·飞列在这部电影中所唱，或至少说些差不多的话。起码小施是温柔愉快地走出电影院的，他看到有位维持停车秩序的女助理警察正在工作，她把罚款单夹在非法停在影院前的汽车的挡风玻璃上。小施是骑自行车来的，本来此事与他毫不相干，他却本着古巴人的团结精神温和地对这位女交警说："算了吧，姑娘，这完全没用。"

女交警气愤地望着他问："这是您的车？"小施回答说："不是！"这时她恶狠狠地说："那就少管闲事！"

但他正想让世界变得更美好，所以并不放弃，而是又劝说道："你干的事毫无意义，一点儿用没有。大家都

———————————
① 尤尔根·特里廷（Jürgen Trittin，1954—），德国绿党政治家。

在电影院里，这些车并不妨碍任何人。别没事找事，宝贝儿，生命多短暂啊！"

她惊愕地看着他说："您没有资格和我以你相称①。我禁止您外行地对我的工作进行干涉！"这么一来小施忘掉了他行善与变温柔的决心，爆了个我们大家在这种情况下都会爆的粗口："你个婊子。"

"您刚才说什么？"她走近他边问边掏出另一个小本子。"我说：'你个婊子。'"小施乖乖地重复了一遍，"而且我还得加一句：'你为什么不去妓院干呢？'"

跟小施一起看电影的尤普想拦住他，却没拦住。现在尤普也来到酒馆，告诉大伙儿，那位女交警马上用手机呼叫了巡警，她还想记录小施的姓名、住址。当时达尼洛也在场，他信誓旦旦地对大伙儿说，他曾多次拽小施的外衣并说："别把事闹大了，小施！"可小施不听他的，一辆巡逻车真的开过来了，还闪着蓝灯。令人惊奇的是：在毫无预警的情况下，小施就灵活地逃跑了。尤普和他接受了盘问，问他们是否认识侮辱女交警的人。他们当然一口否认，他们的姓名、住址自然也被记录下来。那位女交

---

① 在德国互不相识的人交谈用尊称"您"。

警自然也没忘了提到："你们曾管他叫小施。"

"小施？"尤普说，"小施是谁啊？我不认识，我说的大概是加鱼、肉、乳酪等的开胃烤面包①吧，因为我想吃点什么。这附近哪儿有最好的开胃烤面包啊，警官女士？"那位女交警又指着达尼洛说："不对，我想起来了，是他。"

达尼洛假装是个一句德语都不会说的意大利人，一味喊道："Ma dio spettinato, io non so assolutamente niente."意思大概是："没梳头的上帝啊。"——据说是句托斯卡纳的骂人话——"我什么都不知道！"最后人家把他们俩放了，现在他们又出现在酒馆里。

弗里茨端来啤酒和白酒，酒馆门突然被打开，两名穿着难看的芥末色裤子的公务员陪着那位女交警走了进来。小施跳起来从后门跑了，他对这儿了如指掌，两位公务员立即穷追不舍。

"他们到底跟踪咱们了。"达尼洛愤愤说道，弗里茨则喊道："倒霉！偏偏今天通往院子的后门是锁着的，这回他跑不掉了。"正说着小施被他们押了回来，他们记录

---

① 此为文字游戏。在德文中"小施"为"Schmittchen"，"开胃烤面包"为"Schnittchen"，仅有一个字母不同。

了小施的姓名、住址，让他等着因侮辱而受到指控。尤普和达尼洛也脱不了干系，我们的情绪本来因鲍里斯的离开就已经很差了，这下更是雪上加霜。

那两位穿芥末色裤子的主儿走了以后，弗里茨说："你们在这儿惹的事会影响生意的。"常在涉及土耳其人的案子出庭当翻译的塔伊丰比较了解这类案子，他算了一下说，小施可能得为这件倒霉事掏三千马克。"要想把这个损失补回来，你得理不少脑袋才行。"他说。我们大家保证不会袖手旁观，这么一来新年前夜去古巴的计划肯定暂时又泡汤了。文策尔和胡博蒂认为这样更好，他们赞成社会主义，但是反对菲德尔。他们讲述了海纳·穆勒[①]的故事，他常和史塔西[②]的人一块儿喝酒，企图说服他们相信真正的社会主义，可这些人不为所动。接下来的狂欢节中，文策尔和胡博蒂在玫瑰星期一的另类庆祝活动中，戴着切·格瓦拉[③]那种镶嵌着红星的帽子，装扮成"快

---

① 海纳·穆勒（Heiner Müller，1929—1995），德语国家20世纪后半叶最重要的剧作家之一，同时也是诗人、散文家和戏剧导演。曾任东德艺术学院院长。

② 民主德国国家安全局。

③ 切·格瓦拉（Che Guevara，1928—1967），阿根廷马克思主义革命家、作家等，是古巴革命的领导人物之一。

乐的古巴人"引吭高歌，赢得了不少喝彩，"我们把资本主义喝趴下，我们为世界革命手挽手随着音乐左右摇摆，协会中的社会主义最美好，只是不要因辩证法而忙忙叨叨，共产主义有自己的节奏，它开始左右摇摆，人人都得跟着晃悠，我们必胜，万岁！"

但在鲍里斯退役的这个晚上，大家先是和那些仍旧是德国共产党党员的人——比如继续交党费的罗拉——展开了激烈讨论。罗拉订阅过《我们的时代》[1]，相信未来一定是红色的，如果油漆工约翰在喝了第八杯啤酒后确实让她吻和拥抱自己的话。罗拉处处捍卫菲德尔。不久前她父亲去世了——我们大家突然都变成了孤儿，这位老前辈作为国际纵队[2]的战士还参加过反对佛朗哥[3]的战斗。一年来她一直努力，想让人在他位于多特蒙德的墓碑上刻上锤子与镰刀，但墓地管理部门坚决反对。

"就这还号称是工人城市呢，"罗拉骂起多特蒙德来，"去科隆的梅拉特公墓看看，所有狂欢节的抢手货在那里

---

① 德共机关报。

② 国际纵队是由共产国际组建，在西班牙内战中援助西班牙第二共和国（尤其是人民阵线）的军事单位。

③ 弗朗西斯科·佛朗哥（Francisco Franco，1892—1975），西班牙前国家元首，曾在西班牙实行独裁统治。

的墓碑上应有尽有。"

　　胡博蒂认为,共产主义的标志是不能跟莱茵地区狂欢节的象征物相提并论的。尤普答应罗拉,现在亲自把锤子与镰刀刻到她父亲的墓碑上去,根本没有人会发现的。这种事就不该去问有关部门,他说,作为公民得大胆地自己决定。文策尔的父亲去世几个月之后的一个月夜,我们四个人翻墙进入墓地,把死了的狗埋进了老爷子的脚边,狗在他们俩活着时也总是睡在他的脚边。在鲁迪·库默尔死后,就是那个多年来一直为我们提供麦角酸二乙酰胺(LSD)[1]——戏称为能产生诗意的文学快速服务的鲁迪,我们也曾在月夜去墓地,在他的墓碑上刻上了他想要的话:"可悲,我们善良的鲁迪死了。谁还能在云端高擎着火红的旗帜,每天使对手的打算落空?"这种话也是任何德国墓地管理部门都不会批准使用的。

　　鲁迪是我们当中最早去世的,他患了很长时间的肺癌。去世一周前他的儿子出生了,他按照圣经里的人物给他起了个名字叫该隐(Kain),这样儿子就有了个漂亮名字叫

---

[1]　"LSD"是德文(Lysergs uredi thylamid)的简写,是一种强烈的半人工致幻剂。后面提到的文学快速服务 Literatur Schnell Dienst 的缩写也是 LSD,此为文字游戏式代称。

"无忧"[①]。鲁迪与杨尼还有一个非婚生的儿子，叫 Drusius Ingomar，即使这孩子将来一事无成，他还可以把自己的名字缩写成 Dr. Ing.（博士工程师）。我希望有朝一日能在另一个世界与鲁迪重逢，我非常怀念他。也许那时候他早就在天堂遇见了罗伯特·穆齐尔[②]，并终于和他一起创建了"心灵精准国际秘书处"，那我就能出任首席女秘书，也就得救了。

小施在诅咒不久前与警察发生的遭遇。一周前他跟那些穿绿制服的已经打过交道了，当时他在店后面的一张应急床上过夜。如果他喝多了，懒得夜里开车回家，有时就会在店里凑合一宿。那天夜里听见有动静，他就拔出非法持有的手枪往前面走去。两个吸毒者看见那把枪吓得撒腿就跑。因为窗玻璃被损坏，他打电话叫来了警察，否则保险公司不予赔偿。警察把情况记录在案，没想到那两个家伙当天夜里就被警察抓住了。他们作证说有人拿枪威胁他们。现在小施涉嫌非法持有武器，他当然

---

① 德文中 Kein 是"没有"的意思，与 Kain 发音一样，其姓为 Kummer，原意为"忧愁"，二者相加就是"无忧"。

② 罗伯特·穆齐尔（Robert Musil, 1880—1942），奥地利作家。其未完成的小说《没有个性的人》常被认为是最重要的现代主义小说之一。此文中提到的秘书处即为这部作品中的一处小标题，详见该书。

声称自己不过是喊了一声吓跑了他们。手枪自然早就转移到弗里茨的钱箱里了，对他发廊的搜查毫无结果。可那两个愚蠢的吸毒者一口咬定看见手枪了，现在他得出庭陈述。

我们给他出主意，让他说拿的是个吹风机，一个黑色的吹风机，每个理发师都会有这么一个黑色吹风机的，每个愚蠢的吸毒者都会把那玩意儿看成一把枪。小施马上觉得这个主意不错，一高兴让自己喝了双份伏特加。接着他十分沮丧地说："不行，我的吹风机全是粉色的。"

"明天一早我就去给你买几个黑色的。"卡尔大方地说，这件事算是解决了。

小施只要一喝醉，总会撞上警察，有一次我也在场。那是参加完一场在富尔达举行的摇滚音乐会后，我们乘火车回家，幸好车开得很慢，小施在站外线道上拉了紧急制动闸，命令更换车组人员，因为他不喜欢列车正在行驶的这段铁路线。剪起头发来他可是一把好手，当然得注意他是否戴着眼镜，有时他出于虚荣不爱戴眼镜，碰上这样的日子，最好不要让他剪头发，洗洗吹吹就行了。

我们谈论起奥贾兰与死刑。我们当中没人赞成死刑，具体到奥贾兰就更是如此了，一般来说也反对死刑。然而有例外，今晚小施自然想砍下世界上所有女交警的脑袋。

胡博蒂讲述了一个男人的故事：他在犹他州被判处死刑，临刑前的最后一顿饭他想吃比萨就可乐。结果人们给他拿来的是百事可乐，惹得他大发雷霆：他这辈子都瞧不上百事可乐，临死了却得喝它，那他这辈子失败得也太彻头彻尾了。末了他还想抽一支长红烟，但犹他州的《空气清新法》禁止在任何公共场所吸烟，在监狱也不行。监狱长是个有恻隐之心的人，允许他在从牢房去刑场的路上——即"死囚上路"时，在监狱的院子里抽上最后几口。我们大家为监狱长的通融喝了一圈。罗拉又讲了双重杀人犯比尔·贝利的事，他在特拉华州被处死，那里通行注射死刑。其谋杀犯罪发生在1979年，那年头死刑犯还可以选择绞刑或注射死刑，为了给行刑的人出难题，他要求绞刑。可他们已经找不到绞刑架，行刑的头天夜里他们赶制了一个绞刑架，刽子手们得连夜在美国军方手册中查找该如何绞死一个人。

"美国陆军知道这种活怎么干。"文策尔说，他讲起有一次法院登广告招专业狙击手，为的是枪毙一个人。结果有好几百人自愿报名，都想揽这个差事，最后有五个人被选中，每人酬金三百美金。子弹是30—06春田步枪

101

弹，其中有一个人会拿到空包弹，以便大家都能幻想自己并非真正的杀手。"结果他们对空包弹都很生气，"文策尔说，"每个人都想真正射杀一个人。"

外面响起雷声，大暴雨终于下起来了。卢·里德在唱《去野外走走》（ Take a Walk on the Wild Side ），我们盯着眼前的啤酒。"到底为什么我们今天没完没了地谈论死亡呢？"尤普问。罗拉答道："因为死亡总和我们一起坐在桌旁。"

电视剧无声地播放着，弗里茨不停地换台，画面上到处出现的都是欢快的人，他们全都懂得该如何待人接物。《世界末日》，我想起了犹太人雅各布·范·霍迪斯①那首著名的诗，他一生中几乎有四十年被关在一所精神病院中，每次遇到蚂蚁、鸟、蜗牛和猫时，特别是遇到后者时，他都会脱帽致以亲切的问候。作为对公众有危害的疯子，他最后被害死在集中营里。《世界末日》的诗第一段是这样的："帽子飞离市民的尖顶脑袋，每一丝空气仿佛都震荡着呐喊。所有屋顶坍塌下来、裂成碎片，海岸线上——刹那间——潮水涌来。"我害怕坍塌和裂成碎片，

---

① 雅各布·范·霍迪斯（ Jacob van Hoddis，1887—1942），德国犹太诗人，本名汉斯·达维德松。《世界末日》是他的代表作。

已经涨潮了。

我又要了一杯啤的和一杯白的，我在想，我们是一群什么样的不逞之徒啊！我们等待出现变化，我相信，变化已经悄悄在我们之中降临，只是我们没有注意到而已，变化在继续。对鲍里斯·贝克尔而言，现在一切都不同以往了，起码他是自己决定要这样的。我真羡慕他，我愿意付出些什么，如果能知道他此刻正在做什么，转变生活方式对他来说是否容易。他是否有时也会想，不止有一种生活的人，也必须承受不只死一次的现实？

一家广播电视台的庆典活动

广播电视台庆祝创建五十周年那天气候炎热：33度。一位提前退休的文学频道编辑、一位诗人和一位曾经的女记者坐在一辆小面包车中，均已大汗淋漓；面包车九点半从旅馆接了他们开往广播电视台。曾经的文学频道编辑——恩斯特·高泽尔曼博士跟他年轻的生活伴侣是专门从爱尔兰赶过来的，他现在生活在那里，准备喝着威士忌慢慢死去。他有些懊恼，因为他本想参加都柏林的布卢姆纪念日活动[①]，偏偏这一天跟广播电视台五十周年庆典活动冲突了，鉴于他为这家广播电视台工作了三十多年，人家就邀请他出席庆祝活动。必须邀请，这是频道

① 都柏林每年6月16日举办的纪念詹姆斯·乔伊斯的小说《尤利西斯》的主人公奥波德·布卢姆的活动。

总监经过长时间请还是不请的犹豫后做出的决定。他当然不知道这些内幕，尽管有布卢姆纪念日、气候炎热和旅途劳顿等诸多不利因素，他仍旧感觉受到了应有的尊重。他很乐于向年轻的女友展示一下，这么多年自己是在哪儿无望地为文学事业奋斗过、厮杀过，胃里多处溃疡，就因为共事的领导与同僚中有不少外行和半瓶子醋。

诗人阿尔布雷希特·唐纳是因为拍摄了一些构思巧妙的电影而与电视台结缘的，例如反映卡罗琳娜·封·君特罗德[1]生平的或是《德意志诗歌中的德意志秋景》，因为他光靠自己写的诗无法生存。目前他正在不情愿地拍一部有关德国葡萄酒的片子，人们把他从摩泽尔河畔[2]接回来参加庆祝活动。曾经的女记者克拉拉·灿德尔以前主持过电视台的青少年节目，做过采访，也为文学编辑每月一次的文化专题拍过短片，现在她只写有关动物的书籍。接到庆祝活动邀请时，她好像抓到了一根救命稻草，因为她的第三次婚姻刚刚破裂，她养的狗死了，而她母亲则宣布要来看望她。她对电视台的感情可谓爱恨交加，

---

[1] 卡罗琳娜·封·君特罗德（Karoline von Günderrode，1780—1806），德国浪漫派女诗人。

[2] 摩泽尔河流域附近是德国知名的白葡萄酒产地。

要不是遇到上面提到的那些烦心事，她对电视台的感情还不足以让她来参加这次庆典。

他们坐在闷热的小面包车中，穿过田园风格的城市向广播电视台驶去。距电视台还有两公里的地方早已停满了众多车辆，电视台附近的街道已被封锁，戴着红袖章、满脸通红的警察正果断地指挥着驾车者继续行驶，只有贴有电视台标志的小面包车方可通过封锁线。他们可以通过，车驶过了供重要嘉宾休息的帐篷、烤香肠的摊子和问讯站；他们看见了踩高跷者，高跷有三米高，上面扮演的角色有金刚①、卓别林和恐龙。"这些都来自欧洲公园，"司机向他们解释道，"是这家公园赞助了这次活动，电视台根本没有这么多钱。"

电视台门口彩旗飘飘，旗帜上写着"开门办台"，这让他们觉得别扭。在门口迎接他们的是文化频道女编辑施赖伯－克恩博士，她很激动，身着黑色套服，衬托着庆典的庄重。她给每个人的胸前别了一个小牌，上面分别用小字写着他们各自的名字，电视台的名字则很大。灿德尔（Zander）被写成了桑德尔（Sander），诗人唐纳则

---

① 1933年在美国上映的电影《金刚》中的主角：一只巨大的猩猩。

被提升为"唐纳博士"。

"今儿还不知会出多少乱子呢!"高泽尔曼博士愤愤地说。接着他向大家介绍自己的年轻女友:"这位是杰西卡。""杰西卡还需要一张通行证,"文化频道女编辑快快地说,"天哪,我该上哪儿去弄呢?"她边领着杰西卡往一条长长的通道走去,一边对他们仨宽慰地喊道:"你们先去文化之角的第三演播室看看吧。我马上就来,我在一个冷却袋里还准备了五瓶莎当妮,待会儿我们喝!""待会儿是什么时候?"阿尔布雷希特·唐纳不满地问,然后他就沉着脸观看起金刚、恐龙和卓别林了。正在赶路的文化频道女编辑还看到了这一幕,她起誓般地喊道:"重要的是,文化方面也有代表出席活动!"

文化,这指的是高泽尔曼博士、阿尔布雷希特·唐纳和克拉拉·灿德尔,他们仨加起来出版了十二本书,并有过五次失败的婚姻。他们彼此很熟,相互都以这种或那种方式出过小绯闻,依旧保持了朋友关系。他们经常几年不见面,但彼此并不陌生。他们经历了成功与失败,离过婚,孩子们都接受了坚信礼[①],电视台的下坡路他们也

---

① 按照基督教教义,孩子在一个月时受洗礼,十三岁时受坚信礼。只有被施坚信礼后,孩子才能成为教会正式教徒。

是一起亲历的。现在唯一还在为电视台做事的是阿尔布雷希特·唐纳，所以他知道被他们称作"精神病院"①的电视台大墙后面在发生着什么事，现在他讲述起他们共同的朋友汉诺·泽巴赫尔的故事，这位因老是睡眼惺忪，被从新闻部调到讣告部去了。他日复一日得为垂死的社会名流准备好悼词，如果哪一天麦当娜或是施特菲·格拉芙突然死去，那他肯定会措手不及；但教皇或菲德尔·卡斯特罗的悼词早就准备停当，就连赫尔穆特·科尔、英格·迈泽尔和君特·格拉斯②的都早就写好了，真遇到哪位仙逝了，他只需要把相应的日期往上一填就大功告成了。难就难在，若是哪位年事已高的社会名流遇到不同寻常的事，例如遭到刺杀、获得诺贝尔奖或是遭遇意外事故，那泽巴赫尔的悼念文章就得全部重写，还得从资料库中选用新的图片。要是不遇上这种事，"他可以说是有备无患，"阿尔布雷希特·唐纳说，"我还向他提议，我的悼词我自己来写。"

"好主意！"高泽尔曼说，"我也这么办。"唐纳回答说：

---

① 此处是文字游戏，这个词还有"机构"的意思，电视台这家机构被戏称为精神病院。

② 以上这些人均为政治、文化、体育等领域的知名人士。

"谁会张罗着给你写悼词呢？"

克拉拉·灿德尔回忆起高泽尔曼的一次灾难性现场直播，最后不得不中途掐断，假装出了"音响故障"，临时换播了别的内容。这事已经过去很多年了，可她一想起来还是忍俊不禁。当时有四位作家应该就《性欲与文学》的题目展开座谈，作为主持人的高泽尔曼却表现得慌张、神经质，对演播室里出现的情况毫无准备，面色越来越苍白，最后只能绝望地在椅子上来回扭动，就好像椅子上长出了刺。当时在场的嘉宾是三男一女。那位女嘉宾是奥地利人，常年生活在意大利，突然拒绝说德语，而高泽尔曼又不会意大利语。一家著名文学杂志的评论家似乎处于毒品的作用下，说话声音小得像蚊子，不时用手捂着嘴，堆砌辞藻，还常加些谁都没听说过的外来语来显摆自己。那位瑞士作家是位出了柜的男同性恋者，他抱怨德语文学中缺乏对同性恋的描写。他激动地说着别人本就很难听懂的瑞士德语，再加上难听的夹杂着怪音的言语障碍，这对观众来说不啻是一种折磨。那位身材高大、天庭饱满的德国作家现在生活在法国南部，他仰着头、闭着眼，对高泽尔曼的每一个问题都回复说"对此我不想发表意见"，或"这个问题我无法回答"，或"此问题属于我不感兴趣的范畴"。高泽尔曼多次试图组织起一场对话而未果，最后他绝望地向摄影师望去，导演看出座谈无法继续下去了，打出"音响故障"的字幕，随后播放了一个从前对彼得·乌斯蒂诺夫[①]的采访。高泽尔曼为此病了好几天，这次失败的节目也成了电视台的笑料，在同事们之间传来传去。

就在阿尔布雷希特·唐纳继续讲述着汉诺·泽巴赫尔只能写讣告的可怜生存状况时，他们这三位曾负责过文化频道的人穿过演播室长长的通道，尽管观众还得在门外等半个小时才许入内，这里已是一派繁忙景象了。女编辑们、女化妆师们、摄影助理们忙前忙后，他们寻找同事、化妆包或是日程表，互致问候，说上一句"今天够刺激的"或是"这会儿我已经累瘫了"。电视台的所有演播室都张灯结彩，第一演播室中安放着一台被称作"搞笑工厂"的设备，某青年节目的一群相当年轻的工作人员正在这里制作声音搞笑的东西。很多年前当克拉拉·灿德尔还很年轻的时候，也正是在这里工作过，那时这档节目还没有沦落为一分半钟的大杂烩。一位穿短裤、军靴，留着时髦的蘑菇头的魅力十足的人认出了她，对她说："嗨，

---

① 彼得·乌斯蒂诺夫（Peter Ustinov，1921—2004），英国男演员。

要是你有兴趣的话，可以来我们这儿。那就太棒了，我们可以瞎聊，给你提几个傻帽问题，逗逗乐。"

早上在旅馆吃早餐时，诗人唐纳就已经喝了两杯雅马邑白兰地酒，现在他用发红的眼睛瞪着这位年轻人，走近他说："小伙子，把您刚才说过的话马上用正确的德语再说一遍！"

高泽尔曼博士为诗人的教训而忍俊不禁，并抱怨着指了指那位年轻的搞笑专家，这位专家拍拍自己的脑门消失在搞笑工厂设备后。

文化频道女编辑这时和杰西卡一起出现了，后者现在也佩戴了一个写着其名字的小牌子。她一边吻自己的文学编辑男友一边说："恩斯特，你想象一下，我已经见到了乌尔里希·维克特[1]和弗利格牧师[2]了！这一切真是太令人激动了！"

"维克特牧师和弗利格牧师，"高泽尔曼义愤填膺地说，"这帮人类瘟疫，这帮自命的道德楷模！"他引用塔列朗的话对杰西卡说："罪行令我恐惧，但道德却让我不

---

[1] 乌尔里希·维克特（Ulrich Wickert，1942— ），德国著名记者、电视主持人和作家。

[2] 于尔根·弗利格（Jürgen Fliege，1947— ），德国基督教神学家、新闻记者和脱口秀节目主持人。

寒而栗！"杰西卡摸了摸他那稀疏灰白的头发，他不买账地把头扭向一边。"不要总是这么苛刻，倔老头，"她说，"弗利格牧师多可爱啊！"她着迷地追着托尼·马歇尔[1]看，这位歌手身穿紫色缎子西装，在一大帮人的陪同下正兴高采烈地挥着手从过道通过，并喊着"吽呀，吽呀，吽"，消失在一间"搞笑工作室"里。

"约伯[2]，"高泽尔曼咬牙切齿地说，"我觉得自己就像《圣经》中的约伯一样在遭受折磨。杀死我们的不是痛苦和麻风，而是平庸，到处都是平庸在折磨我们。"

克拉拉·灿德尔建议文化频道女编辑现在赶快开一瓶莎当妮。

"马上、马上，"施赖伯－克恩女博士说，"咱们先去文化之角。"

他们经过种植在十二个桶里的大束苇草，一位从前在政治频道的编辑坐在这些苇草中。他已经好几年不得志了，因为每次他主持节目都会问同一个问题："亲爱的观众朋友们，耶稣对此会说什么呢？"电视台不想这么频繁地提到耶稣，另外这位编辑也太雄心勃勃，甚至他的女

---

① 托尼·马歇尔（Tony Marshall，1938— ），德国流行歌手和歌剧歌手。

② 据《圣经》记载，约伯为人正直，笃信上帝，在试炼中被撒旦降下灾难。

秘书都说："他恨不得自己也被钉上十字架。"后来就不让他主持节目了，于是他开始关注苇草在世界上的用处：比如用苇草做沙拉，铺地，取暖，做假发原料和烟草。人们让他去研究，他可以为绿色和平组织做相关的节目，但这类节目往往到最后一刻由于敏感原因而不能播放。克拉拉·灿德尔记得有一次曾为一家妇女杂志采访过他，但在读了采访文稿后，他不同意刊登，因为他觉得自己的形象被塑造得不够正面。她想，若是在今天他大概不会这般挑剔。她还想起了他家里当时的电话录音，一个孩子用天使般的嗓音天真地说："爹地、妈咪和我，我们正在享受三人世界。我们不希望被打扰，你待会儿再打来吧。"还有他们家门外的门铃按钮处，孩子刚出生，其名字就被一本正经地添了上去：卡尔海因茨、安格利卡、凯文·诺伊罗伊特，请按两次门铃。人们几乎可以打赌，这个婚姻在凯文上学之前就得破裂。

就在离苇草不远的地方，有一个笑话小屋。每个人都可以去里面讲笑话，讲完之后按一个按钮，就会响起磁带中传出的一片笑声。一位技术人员正在调试装置，他满头大汗，偶尔还骂上两句。"一、二、三，喂、喂、喂！"他冲麦克风说，然后按下按钮，传来一阵狂笑。有几位工作人员惊奇地停住了脚步，高泽尔曼博士喊道："让我试试！"他钻进笑话小屋，清了清嗓子，敲敲麦克风，喊道：

"您到底是谁？我问那个早上从不问候我的、留着短胡子的男人。您不认识我吗？他说，我不就是那个早上从不问候您的、留着短胡子的男人嘛。"

诗人唐纳笑了起来，克拉拉·灿德尔也露出了微笑，因为她从这个奇特的笑话中重新认出了那位滑稽的老编辑恩斯特·高泽尔曼。不知有多少个夜晚，当电视台其他人都已回家，夜深人静时，他们俩还坐在他的办公室聊文学、爱情与人生。站在笑话小屋周围的人不解地盯着高泽尔曼，大家沉默不语，只有杰西卡喊道："继续啊？"那位技工说："按钮！笑话讲完，您得按按钮！"高泽尔曼找到按钮，按了下去，磁带中又传出一阵令人释怀的大笑。

在挂着"一切如何起步"的牌子的一个不起眼的小角落，坐着电视台第一位播音员——雷娜特·塞贝尔，如今还活着的最年长的女编辑——妇女频道的瓦尔特劳德·格伦纳特，还有快八十岁的、早已退休的儿童频道编辑海因茨·科恩。人们正在为他们化妆，然后参加十一点半在此举行的研讨会"一切如何起步"。

"一股墓地味儿！"阿尔布雷希特·唐纳嘟囔着，"我们早晚也得去那儿！”克拉拉·灿德尔小心谨慎地与瓦尔特劳德·格伦纳特打了个招呼，幸好这位没有认出她来。瓦尔特劳德·格伦纳特当年让每一位实习生和来访者都听写同一个句子，然后由她统计出了多少错。这么多年竟然没有一个人能毫无错误地写下这个句子，它就是：

“列支敦士登公国向利比亚提供编了号的白垩粉，它们被包装在锡纸中。”现在克拉拉·灿德尔又不知道锡纸（Stanniol）这个词中有一个还是两个 n 了。但她至少没像多数人那样写错白垩粉或“利比亚”（Libyen）。听写时瓦尔特劳德·格伦纳特刻意噘起嘴唇，发出“Lübien ”的音，结果那个 y 却奸诈地出现在后面。瓦尔特劳德·格伦纳特看上去就好像——尽管年事已高并退休多年——一会儿仍旧会让每一位十一点半涌入的来访者听写这个句子，然后像多年前那样极具杀伤力地惊呼：“什么，编号（numeriert）这个词您写两个 m？这水平还想来电视台工作。”今天她可能还得嘲弄地多说一句：“可惜正字法改革后这么写也不算错了，但是它仍旧不是正宗写法。”瓦尔特劳德·格伦纳特从来都瞧不上改革。

曾经的儿童频道编辑坐在那儿，像块石头一般，他面色阴沉地望着地面。他是个犹太人，当年刚侥幸从集中营放出来，而瓦尔特劳德·格伦纳特毫不隐讳从前在德国少女联盟①度过的那些美好时光。"老女纳粹！"他总是一脸蔑视地这么评价她，并避免与她打交道。可今天在广播电视台的庆典活动上，他却不得不和她一起坐在"一切如何起步"的招牌下。即使在今天这个日子，他们俩也没有共同话题。他似乎在想，是否应该讲讲，瓦尔特劳德·格伦纳特的丈夫——也是一位儿童频道编辑，但在另一家电台——每次播音是如何用"希特勒万岁，亲爱的孩子们"开场的？

人们正在给从前的第一位电视女播音员化妆，这可不容易，因为她自从不再播音后就开始喝很多葡萄酒，这些电视台所在地附近出产的酒让她的脸发了胖，还有爆裂的小毛细血管，眼睛也肿了起来。"孩子们，我真没想到还能再次在这儿化妆！"她喊道。女化妆师叹着气说："安静坐好，雷娜特，要不然我可化不好。"因为雷娜特·塞贝尔不光要参加"一切如何起步"的讨论，还得在摄像机前把当年的新闻再播送一遍。

文化之角搭建在第三演播室中：用黑色麻布包裹的

---

① 纳粹德国希特勒青年团的女性分支组织。

木头演讲台上摆着三张黑色皮椅，皮椅前分别放着三张小黑桌，桌上分别放着三个麦克风、三瓶矿泉水和三个杯子。高泽尔曼博士、阿尔布雷希特·唐纳和克拉拉·灿德尔应该在此就座。十二点半时，他们要拿起麦克风谈论书籍与阅读，而且尽量与听众互动。在同一间演播室里还搭起了一间50年代的起居室，为的是替一部反映50年代生活的系列片做广告。旁边正在播放《遥控操作手术》，这是科学编辑部在展示如何在电脑辅助下进行开颅手术，每个人都可以在电脑上参与一下。一辆卡车上坐着一支爱尔兰乐队，他们正在用小提琴演奏爱尔兰民俗乐曲，借助放大器传出的乐曲演奏质量让人不敢恭维。

"还没轮到我们呢，"文化频道女编辑松了一口气道，"你们可以随便到处看看。"

这时候观众已被允许入场，他们涌进各个通道，穿着短裤和便鞋，提着塑料袋准备收集海报、小册子和签名卡，还有"开门办台"的广播电视台为他们准备的小礼品。第一演播室在准备播放新闻。"人人都可以播放新闻！请来制作您自己的新闻，我们的新闻播音员会帮助您！"一位实习生在门口用卖力的喊声把观众吸引进演播室。出于失望过来往里看了一眼的曾经的政治频道编辑坚信，若不是他们的叫喊，许多观众肯定更愿意去看他的菁草。

新闻播报员现在化了浓妆，她的头发被抹上施华蔻牌"三种天气纹丝不乱"的液体水泥（发胶）并吹成帽型。在整个演播室随处可见的大屏幕上，她看上去就像是用杏仁糖膏凿出来的，蛮像那么回事。屏幕上其他被拍摄到的家庭妇女的鼻子有些微微发青，她们那不成功的烫发发卷自然就更相形见绌了。但这就是电视，即使在自己的庆典活动上，电视台都不懂得开个玩笑。

人们在寻找愿意根据一张纸条来念新闻的志愿者。一位中年男子乐于尝试，他那绿色短袖衬衫上已经渗出了大片汗迹。他用一块布手绢擦着脑门上的汗珠子，一位女化妆师则往他额头上扑着粉，这时一位助理往他手里递了一个麦克风。"扑什么粉啊？我又不是丫头。"他说，麦克风把他的话传遍整个大厅，大家备受鼓舞地鼓起了掌。

"您叫什么名字？"女播音员友好地问，他答道："瓦尔特。"

"这位是瓦尔特，"她大声介绍，"女士们、先生们，请给瓦尔特先生掌声！"人们再次鼓掌，有人把孩子往前推。一位女士小声问："他是谁啊？""一位英雄。"阿尔布雷希特·唐纳说。"旁边呢，那女的？我好像在电视中见过她。""西吉·哈赖斯。"克拉拉·灿德尔答道，尽管她不是西吉·哈赖斯，但那位妇女很满意。克拉拉·灿德尔回忆起这位地方台的播音员以前在广播电台也播送过新闻，每次拿起麦克风之前，她都要迅速地再扑一次粉并在镜子中审视自己。她从未放弃过希望：听众在听广播时也能看到她。唐纳当年就是跟这位播音员传出过大绯闻，他的第一次婚姻也因此而解体。现在他却无动于衷地看着她如何帮助瓦尔特播报他人生第一条新闻。

"有点儿激动？没有必要，瓦尔特。"她安慰道。

"我不叫瓦尔特。"他说，这么一来却制造了预想不到的悬念。"我以为……"女播音员不知该如何应对，他说："我叫汉斯-赫伯特·瓦尔特。瓦尔特是姓。"

"那就是瓦尔特先生喽！"她满面春风地说，又找回了自信。观众虽然有些不乐意，但还是为瓦尔特先生鼓了掌。然后有人递给他一张纸条，女播音员说："瓦尔特先生，这件事很简单。您现在就念念条子上写着什么，念时别忘了不时看一眼摄像机，就是那个亮着小红灯的地方……"摄影师挥了挥手，"稍微笑一笑。那么我们可以开始了？"

摄影师点了点头，瓦尔特先生盯着那张纸条，随着今日新闻片头音乐的响起，女播音员带着冻在脸上的微笑说："晚上好，女士们、先生们！这里是德意志电视台今日新闻。"人们在巨大屏幕上看到女播音员和她身边顶着一层粉流着汗的瓦尔特先生。"晚间新闻，"她娓娓动听地说，"今天由瓦尔特先生播送。请！"瓦尔特先生看着她问："现在？"她点点头，严肃地说："现在。"他看着手中的纸条。

"华盛顿，"他开始念，观众热情鼓掌。他有些莫名其妙地抬起头，看了看女播音员，摄影师指了指亮着的红灯，晃了晃手臂。瓦尔特先生又低下头看那张纸条。

"华盛顿，"他再次开始，"美国总统比尔·克林顿今天向波兰前总理莱赫·瓦勒萨……"

"瓦—文—萨，瓦尔特先生，这个名字的念法是瓦—文—萨，"新闻播音员边说边笑道，"您看，播送新闻也并不是件容易的事！"人群中发出尖叫声。"这一天到底还有完没完啊？"唐纳边说边和克拉拉离开了演播室。

他们在外面过道的"烹饪站"又遇到了高泽尔曼博士和杰西卡，这里挤满了人，高台上一个煎锅在炉灶上嘶嘶地响着。一位肥胖的编辑和一位不那么肥胖的中年女人，他们系着白色的褶边围裙，正在煎裹了面的西葫芦片。一块石板上写着："这里每逢整点进行烹饪。""您这儿都做什么吃的啊？"一位女观众问。中年厨娘喊道："西葫芦，今天只有西葫芦，但是裹了面。"那位编辑用纸盘子装着裹了面的西葫芦递给下面的观众，同时喊道："现在让我们来烹饪!"这也正是那档烹饪节目的名字，他和那位厨娘每月一次在傍晚推出的演示性烹饪片：现在让我们来烹饪! 杰西卡抓住机会，先吹，后尝，享受地转动着眼珠，高泽尔曼小声地在她耳畔说："费贝尔博士是共和党[①]人，是个反革命大混蛋。那老娘们更不是什么好东西。"

"可西葫芦味道很好。"杰西卡坚定地说，她想让他也尝一块，高泽尔曼却扭过头，他情愿从银质小扁酒壶里喝一口爱尔兰威士忌，这酒壶是他提前退休时电视台送给他的礼物，上面还刻着他的名字。

"唐纳，你这老东西!"一位头发花白的摄影师非常热情地与阿尔布雷希特·唐纳打着招呼，并有些不自在地看了看克拉拉，多年前他们曾一起拍过一部有关文学

---

① 创立于1983年11月26日的德国右派民粹主义政党。

胜地的片子。那时他们一起前往托马斯·曼[①]居住过的特拉沃明德，摄影师想泡她，但她对他丝毫不感兴趣，结果他喝得酩酊大醉，片子拍得一塌糊涂。后来他自掏腰包，再次前往特拉沃明德重拍了一遍，当时他的这一举动让她挺佩服。他叫什么来着？最近她总是忘记所有人的名字。唐纳帮她摆脱了困境。"理夏德，"他说，"哎呀，为什么跟我去拍摩泽尔葡萄酒的人不是你呢？跟我去的是个毛头小伙子，他既看不见迷人的景色，对葡萄酒也一窍不通。每天拍摄工作结束后，我都是一个人坐在特拉本-特拉尔巴赫或是特里尔的酒馆里。""他们已经不让我出外景了，"理夏德说，"只能在演播室拍了。只有年轻人才能去外景地。这就是现实，一切都跟过去不一样了。"他嗅了嗅，往两位厨师那儿看了一眼说："这俩蠢货又来现眼了。"他把唐纳往旁边拽了拽，拍着他的肩膀说："你还记得吗，君特罗德，我们是怎么把蜘蛛网布置到她墓碑上的，全是从别处偷来的蜘蛛网。如今我要是还能拍摄蜘蛛网，那我该多高兴啊！"

克拉拉想道：不到三十岁的君特罗德当年是多么英勇

---

① 托马斯·曼（Thomas Mann，1875—1955），德国小说家和散文家，曾获诺贝尔文学奖。

地把匕首刺进了自己的胸膛啊！而她克拉拉·灿德尔若是死了，她的衣服和书籍现在大概都被装进纸箱堆到门外去了。

一辆红色小汽车随着"小心！请借光"的喊声被推过过道，停放在苇草中间。那位过了气的政治频道编辑围着这辆车神经兮兮地边走边喊："小心，这是 Hotzenblitz 车[①]，它使用苇草作燃料！"有三位头戴耳机、手捧爆米花的年轻小伙子停住了脚步，他给他们讲解起今日世界苇草的多种用途，可他们没有摘下耳机，而是更愿意听铁克诺节拍音乐[②]。后来当文化之角讨论书籍与阅读时他们也在场，仍旧头戴耳机并随着节奏左右摇摆，他们瞪大眼睛惊奇地盯着那三位怪人看：高泽尔曼、唐纳和灿德尔，他们坐在黑色扶手椅上，面前摆着矿泉水和许多书，时而举起这本书，时而举起那本书。

克拉拉遇到一位老熟人，夸她气色好，并说她也能来参加广播电视台的庆典活动真是太棒了，还问她丈夫近况如何。克拉拉不知道她指的是第几任丈夫，于是含

---

① 德国1993—1996年生产的一款电动汽车。

② 铁克诺（Techno）音乐，又译作"高科技舞曲"，起源于20世纪80年代的美国底特律，是利用电脑、合成器合成的一种电子舞曲。

糊其词地说"好，挺好……"从这位熟人——她又记不起她的名字了——那里她听到她离婚的经过，现在她很幸福地与一位电视剧编辑生活在一起，然而他们不住在一起，这其实才是让关系保鲜的全部秘密，如果人们问她的话。她穿着黄色套装，黄色高跟鞋，甚至涂了黄色眼影。"每到整点，我得写出有关庆典的最新报道。但只在电视三台节目中播出，文化之角我也会来的。"她说。"待会儿见！"克拉拉边说边躲进一个小演播室，从那儿传出一个男人的洪亮嗓音。这里是星空室，正在讲解卫星是如何发挥作用的。房间布置得如同星空，昏暗，只有几处有令人迷惑的亮点，那就是卫星。一个台子上站着一位壮实的男人，他身穿黑色西装套服，手拿麦克风，虽然在这个小屋中不用麦克风人们也完全能听到他说什么。他正大声对着麦克风说："我们向您保证，在星空室可以为您进行模拟数字转换。"

他面前仅有的听众是两个孩子，十或十二岁的样子，他们害怕地手拉着手，仰头望着他。他的话在这两个孩子面前听上去很怪诞，比如"模拟"和"数字"这样的词本身就有些猥亵的色彩，那两个孩子听着这些词吃惊得呆若木鸡地站在那里。他们显然害怕要是稍微动一动，就会被来自卫星、麦克风或这个男人口中的闪电击中。"那边有裹了面的西葫芦。"克拉拉向两个小孩耳语道，然后她迅速离开了那间阴森森的星空室。

在过道里她遇上了曼弗雷德·韦伯，这个人的名字她马上就想起来了。在她主持一档早间节目时，他是编辑。有一次，她在节目中间插播乐曲时流泪了，这时他正好因为一个报道走进演播室。"怎么了？"他诧异地问。她擤了擤鼻涕含着泪答道："我的狗死了。"

"你就为这个哭？"他皱着眉头问，"就因为一条破狗？你可别把我这个节目给毁了。"

当时的节目是直播，她站起来二话没说就回家了，他只好张皇失措地自己把节目给主持完了。为这事专门召开了编辑部会议，克拉拉受到了警告，此后她拒绝再和曼弗雷德·韦伯说话，更甭提合作了。

"克拉拉！"他说，"我已经好几年没有见到你了！"她看都没看他一眼，就走开了，对此她感到很受用。看着他终老于这家地方广播电视台——虽然他一心向往有朝一日能去波恩当新闻发言人，让她觉得特解恨。他以为只要能模仿魏纳、勃兰特和施特劳斯就行了。"但那是远远不够的，"克拉拉气愤地想，"你注定碌碌无为。你在智力方面连我的狗都不如。"

曼弗雷德·韦伯盯着她的背影，感到一种带着羡慕的钦佩，她居然真能把对他的恨保持十多年之久。他可没有这么坚定不移，他希望自己能如此坚定不移。

在文化之角人们此时已经开了第二瓶莎当妮，文化频道编辑讲起了爱尔兰，说那里的人跟这儿的人相比更朴实无华，诗人喊道："可是亲爱的朋友！这么一概而论是不行的！"

"你去过爱尔兰吗？"文学频道编辑问。诗人挥挥手说："我根本不用去那儿！没去过那儿我也能想象！人们只要读过最后五十页《尤利西斯》，只读最后五十页就够了！读过就一切都了解了。"

文化频道女编辑——因酒精和炎热看上去已经不那么神清气爽了——小声说："现在开始吧。"

"开始什么？"诗人问。她说："开始讨论。"

房间内有些观众，但他们全在观看遥控操作开颅手术。要想讨论，就得把他们吸引到文学话题上来。

"你来开始，"文学频道编辑对克拉拉·灿德尔说，"可能有些从前的观众还记得你。"克拉拉坐进扶手椅，拿起麦克风，朝气蓬勃地问道："这里有人还读书吗？"

"天哪！"阿尔布雷希特·唐纳叹着气也一屁股坐进扶手椅。有几位观众转过身望着文化之角，一位妇女发出"嘘"声。只有一对刚刚走进大厅的退休夫妇感兴趣地站住了。"您二位一定读书！"高泽尔曼边喊边指向他们。他们俩往四周看了看，确定是指的他们俩，然后他们又往前走了走。"您二位读书吗？"高泽尔曼通过麦克风问他们，尽管他们就站在他面前。"他有白内障，"女的答道，"但我为他朗读报纸。"

"这都是瞎费劲！"唐纳一边愤怒地说，一边一口气把他那杯莎当妮给干了。"这可不是瞎费劲！"上了年纪的女人不服气地说，他喊道："我说的不是您，这位善良的女士！"

这两位老人又四处望望，看看他说的还能是谁，可他们身后只站着文学频道女编辑。她挥挥胳膊喊道："继续！尽管继续！慢慢就会谈论起来的！"

旁边的遥控操作开颅手术结束了，人们热烈鼓掌，随后转过身朝向文化之角，这是因为演播室的出口就在附近。卡车上的爱尔兰乐队又开始演奏起来，因为音乐频道编辑给他们打出了手势。文化频道女编辑跑过去喊道："现在不要演奏！现在有个讨论会！"但他们仍旧演奏他们的，她气急败坏地返回说道："现在他们又在制造噪声了。"

"这不是噪声，"文学频道编辑教导说，"这是爱尔兰民俗音乐。"诗人高举着莎当妮空瓶喊道："我们还有酒吗？"文化频道女编辑消失在一道布帘后，她的冷却袋放在那里。她拿着一瓶蒙着一层白霜的酒瓶和开软木塞的起子回来，有些埋怨地说："现在可刚刚十一点半……"

"时间正合适。"诗人边说边砰的一声打开了酒瓶。杰西卡向高泽尔曼博士跑了过来，给他看托尼·马歇尔的签名。高泽尔曼绝望地捂上了眼睛，唐纳不怀好意地说："我说恩斯特，找人签名这可是只有年轻人才干的事！"杰西卡听了有些不快，所以她故意跟一位演奏爱尔兰民俗乐曲的小提琴手稍微调了一会儿情。

下午较晚的时候，其他活动均已结束，在文化之角逗留的观众们开始就所喜爱的书籍真正展开一场小小的讨论时，那三位文化工作者都已经喝得有些高了。克拉拉·灿德尔此间与她丈夫通过电话，觉察到这第三次婚姻也无法挽救了。她母亲在另一端跑过来对着电话喊道："毫不稀奇，你小时候就这样子！"克拉拉开始思索她母亲的这句话，所以有些走神。十分著名并显而易见受到公众喜爱的高泽尔曼博士碰了碰她，问她儿时喜欢读什么书时，她没好气地说是能与动物说话的《怪医杜立德》①，她克拉拉·灿德尔也精于此道。观众们冷漠地望着她，对电视台的疯子们留下了深刻印象。阿尔布雷希特·唐纳深陷在扶手椅中喊道："库柏！《皮袜子故事集》②！没错！"文学频道编辑指着诗人说："他儿子的名字就是按作者的名字起的，叫费尼莫尔！孩子越早对书籍感兴趣越好！"

一位妇女说："我们小时候……"文化频道女编辑跑到她身边，把麦克风举到她鼻子底下。这位妇女有些不知所措地又重新开始说："我们小时候没有书看，当时在打仗。"

"在战争中我们也在阅读！"诗人喊道——据克拉拉·灿德尔所知，他是战后才出生的。这时有人叫道："注意，总监来了！"

所有人都转身向门口望去，总监身穿浅灰色西服套装，在一群手忙脚乱的工作人员簇拥下走了进来。他冲台上的高泽尔曼、灿德尔和唐纳和蔼地挥挥手说："继续，请

---

① 美国童话作家、画家休·洛夫廷创作的系列童书。
② 美国作家詹姆斯·费尼莫尔·库柏创作的系列小说。

继续！"在众目睽睽之下，总监开始细看这里的一切：已经在卡车上睡着的爱尔兰乐队、打开的头颅和50年代的起居室。文学频道编辑像打了鸡血一样突然精神起来，多年来他一直跟这位总监吵架，就是试图让他明白文学在电视台应该有什么样的地位。

"那些书是伪造的！"他跳起来喊道。总监转过身，"高泽尔曼博士！"他边说边耸起了眉头。然而他问道："那些书是伪造的？"就像人们向一个生病的孩子打听他的消化情况。文学频道编辑点点头。他面红耳赤地从文化讲坛上爬下来，步子有些不稳地走向50年代起居室所在的角落。他气愤地用食指指着书架上摆得满满的Rororo出版社的袖珍书籍说："这些书！"观众们都跟过去观看。只有阿尔布雷希特·唐纳和克拉拉·灿德尔还坐在台上，文化频道女编辑有些筋疲力尽地坐到讲坛上说："天哪，但愿他现在能马上闭嘴！"

"就是这些书，"文学频道编辑激动得声音发颤地说，"您自己看：纸板书脊。可50年代Rororo出版社还在生产亚麻布书脊的书，还没有纸板书脊。这些书是伪造的，都是后来出版的。这儿的状况真是一塌糊涂。"

"有意思！"总监不动声色地点点头，"您要不说，我还真看不出来。"

"您怎么能看出来呢！"高泽尔曼喊道，"您对书从来就没有特别感兴趣。我在这儿工作时就是这样。"

"高泽尔曼，"歪着头、小眼睛闪烁着嘲讽光芒的总监说，"我看出来了，您还是老脾气，总想找碴打架。很好！那您现在到底在，唉，在做什么呢？人们根本听不到任何您的消息了。"

"我在生活！"高泽尔曼喊道，"我在生活，如果您能想象何为生活的话。我住在爱尔兰，住在霍斯特·施特恩[①]附近，当年您曾不让我邀请他来我的节目做嘉宾。""是这样啊，"总监一边说一边准备离开这间不舒适的演播室，"我可记不起来曾明确禁止过您邀请他，高泽尔曼……"

"暗示了！您总是仅仅暗示而已，"高泽尔曼喊道，周围的观众逐渐活跃起来，对他俩的谈话发生了兴趣，"您也曾暗示我，最好不要邀请海因里希·伯尔[②]！"

"我记得，他后来不还是来了嘛，亲爱的高泽尔曼。"总监边说边向外走去，看都不再看高泽尔曼一眼。

---

① 霍斯特·施特恩（Horst Stern，1922— ），德国记者、制片人和作家。
② 海因里希·伯尔（Heinrich Böll，1917—1985），德国作家，1972年诺贝尔文学奖得主。

"那是最后一期节目！是的！最后一期节目！"高泽尔曼喊道。总监离开了演播室，最后还冲唐纳和克拉拉点了点头，他们俩都没理他。他经过文化频道女编辑身边时，这位女士则恭敬地跳起了身。高泽尔曼一个人站在50年代起居室那个角落里，爱尔兰乐队醒了过来，拿起乐器开始演奏。

"我要是没给他葡萄酒喝就好了！"文化频道女编辑叹着气开始收拾桌上摆着的莎当妮。高泽尔曼步伐不稳地走了回来，他还想继续扮演那个令他激动的角色。他满脸是汗，解开衬衫领口的扣子，松了松领带，冲着早已不见踪影的总监及其随从消失的方向喊道："半瓶子醋！"

"我说恩斯特！"杰西卡道，"他怎么招惹你了，他不是挺和蔼可亲的嘛。"唐纳开怀大笑，从高泽尔曼兜里掏出扁酒壶喝了一大口。"亲爱的杰西卡小姐，您说得一点儿也没错，"他鞠了个躬说，"和蔼可亲，是的，他们全都过分和蔼可亲。"

"你闭嘴！"高泽尔曼训斥杰西卡道，她气得转过身朝爱尔兰乐队走去，为的是再去跟那位小提琴手抛几个媚眼。唐纳疲倦地起身说："收摊，收摊，收摊！我现在去餐厅，谁要还想听更多的文化事，可以来餐厅。"

高泽尔曼费力地坐进扶手椅，寻求支援地看着克拉拉·灿德尔问道："你还记得吗，他当初是怎么为难咱们大伙儿的？"她点点头，这些她并没有忘记，她也同样能够忆起，高泽尔曼当初是多么艰难和不讲策略地与总监对着干的，后者就是个党的傀儡，一门心思想往上爬。如果不那么旗帜鲜明地对着干，在第三套节目夜里十一点播出的、本来不受重视的文学栏目中其实还是可以插入更多内容的。可高泽尔曼总是提前宣战，本来他的火气也应该或可以在家跟他老婆、丈母娘或他那倔强的女儿发的，可他却把全部怨气都带到电视台来，搞砸了自己的节目，最后也毁了自己的生活。

"我明天又得替人受过！"文化频道女编辑叹了口气说，然后她拨通了一个电话号码，拿着手机走到一边说："约亨？是的，可怕，太可怕了。"

克拉拉牵起高泽尔曼的手说："恩斯特，这些都已经过去这么长时间了。至少你每次也没让他舒服。"

"是吗？"他高兴地边问边站了起来，"来，我们也去餐厅吃点儿什么吧，克拉拉。"

在去餐厅的路上，高泽尔曼和克拉拉又路过那个地穴，里面当年第一位女新闻播音员正在试着借助一台提词机播报当年的第一批新闻。她口齿不清，头发混乱，而且已经没有人在听她的播报了。

"雷娜特，就到这儿吧。"摄影师说着关了机。先前能看到雷娜特·塞贝尔的大屏幕消失了。正巧这时候那位穿黄色套装的女子带着她的助手赶过来，她喊道："噢，雷娜特，已经结束了？我正想跟你再拍短短一秒钟呢！"

"短短一秒钟，全都少跟我来这套！"新闻播音员边说边把脑袋疲惫地枕到桌子上。

装备着搞笑工厂的演播室挤满了年轻的听众，他们无助地听着曼弗雷德·韦伯在模仿赫尔伯特·魏纳[①]。"这是谁？"他高声问道，无人回答。"我亲爱的女同志和男同志们，如果现在基民盟的沃尔拉贝先生，我也可以容易地、容易地，不是吗？"——他再次提高嗓门——"管他叫乌鸦嗓……[②]"听众毫无反应。这位编辑再次问道："还猜不着吗？"依旧没有反应。"赫尔伯特·魏纳，嘿，这不明摆着嘛！"他喊道。一个年轻姑娘回应道："不认识。"

---

① 赫尔伯特·魏纳（Herbert Richard Wehner，1906—1990），德国政治家，1927—1942为德国共产党党员，1946年后加入德国社会民主党。
② 沃尔拉贝的德文名字"Wohlrabe"中含有"乌鸦"一词。

"你还记得吗？"克拉拉问，"当年维利·勃兰特①到台里来时，他就模仿过他，被模仿的人对他的模仿一点儿也笑不出来。""他就是个妄自尊大的主儿，"高泽尔曼点点头，"这家伙一向让我受不了。唐纳说，他现在只能制作有关地方选举的节目，活该，只能做这类节目。"

餐厅有人进行了检查，看看高泽尔曼和克拉拉是否有权进入。一般访客不许进，只有广播电视台的工作人员、艺术家和协助举办庆典活动的人员才能进。"要是杰西卡来找咱们怎么办？"克拉拉问。高泽尔曼挥挥手说，"让她找去吧！"查理·卓别林、金刚和恐龙闷闷不乐地围坐在一张桌子旁，桌上摆着咖啡和白酒，旁边放着他们的高跷。阿尔布雷希特·唐纳在一个角落里正在与一位偶遇的昔日情人起腻。克拉拉和高泽尔曼冲他打了一下招呼，然后他们俩在一处僻静的地方坐下，要了一瓶这里供应的物美价廉的葡萄酒。

"我在这儿干了三十年！"文学频道编辑十分感慨地叹息道。然后他看着克拉拉说："我知道杰西卡对我来说

---

① 维利·勃兰特（Willy Brandt，1913—1992），德国政治家，曾任联邦德国总理，以1970年的"华沙之跪"引起全球瞩目，并获得1971年诺贝尔和平奖。

太年轻了，可像你这样的女人让我害怕。她至少还仰视我，看不出我实际上就是个失败者。"

克拉拉笑了，轻轻抚摸着他的手哄他说："恩斯特，你可不是这么一事无成。你只是以为自己如此。"她思索着，自己是否在什么事上没有失败过，但她想不起来。高泽尔曼感激地与她碰了碰杯。

晚上他们乘电视台的车返回旅馆，收集到很多名人签名的杰西卡打着哈欠，却很满足。阿尔布雷希特·唐纳没和他们一起回来，他与老情人一起消失了。

他们坐进酒店酒吧低矮的扶手椅中，本想再要一瓶高档灰皮诺白葡萄酒，可杰西卡蛊惑吧台服务生为他们准备了加冰块的德贵丽鸡尾酒。

"你还记得吗？"恩斯特·高泽尔曼问克拉拉·灿德尔，后者正在试图从上衣上往下摘印着自己名字的小牌，"当年我们曾在这里和伯尔一起歇息，就在播完最后一期节目后，那时候他已经病得很厉害了。"

服务生送来德贵丽鸡尾酒，杰西卡坐到高泽尔曼那把扶手椅的扶手上，为的是好与他碰杯。"谁病了，毛头？"她边问边用手抚摸起他的头发。他把头像往常一样躲开，答道："伯尔，你不认识。"

克拉拉举起杯子和他们俩碰了一下，然后闭上眼，希望自己能再回到从前的岁月：那时她是个穿着白色齐膝长袜的姑娘，眼睛清澈而湛蓝，对未来充满信心。杰西卡再次抚弄着高泽尔曼的脑袋问道："好喝极了，对吗？"克拉拉睁开眼冲高泽尔曼望过去。他们的目光相遇，两人似乎都看到了对方眼中的泪光。

　　幸好此时阿尔布雷希特·唐纳来到旅馆门前，身边没有那位老情人。他一进门就要了一杯啤酒，也坐进一把扶手椅，当克拉拉不怀好意地问"怎样"时，他摇摇手道："没戏，没戏。我寻找的大概是逝去的时光。可……"他的啤酒来了，他喝了一大口，叹道："过瘾！"然后擦了擦嘴角的泡沫说："……逝去的就找不回来了。"

　　他们喝了很长时间，喝了很多，相当沉默。杰西卡已经回房间了，临走前她还冲恩斯特说："你也马上就回来，对吧，毛头？"

　　"说真话，你们觉得她怎么样？"高泽尔曼问，他已经喝高了。唐纳气愤地盯着他说："高泽尔曼，请不要提这种问题。你想听什么样的答复呢？"

　　高泽尔曼叹了口气："孤身一人，我不这样还能怎样！"克拉拉说："我马上又得离婚了。"唐纳看着她，举起酒杯与她相碰。"但我不会娶她的,"高泽尔曼喊道,"哪怕她拿大顶!"

拂晓前他们仨乘电梯前往四楼,他们的房间在那里。唐纳把胳膊放到克拉拉肩膀上。高泽尔曼很高兴,唐纳毫不犹豫地让人把酒账记在了广播电视台名下。"十分正确!"他说,"谁过生日,谁就得买单。"接着他又抱怨吧台的服务生不许他们唱歌。"一首小夜曲!"他们保证道,"为广播电视台而唱!"可刚唱了个开头:"我们向卡尔·李卜克内西宣誓,我们与罗莎·卢森堡握手。"服务生就不让他们唱了,因为声音太大了。

在四楼楼道里他们互相拥抱了很长时间,彼此吻了右面颊,再吻左面颊。高泽尔曼口齿不清地说:"为此我专门从爱尔兰回来!"阿尔布雷希特·唐纳用喝酒喝红了的眼睛望着克拉拉,摇摇晃晃地凑近她耳畔说:"亲爱的克拉拉,希望不久你的心能另有所属!"他吻了她,然后脚下拌蒜地走回自己的房间,消失在门后。

"当年你到底爱过他吗?"高泽尔曼问。克拉拉幸福地微笑着说:"那时候没爱过他。"

第二天早晨他们没有再见面。高泽尔曼和杰西卡睡到自然醒,八点半唐纳就被他的摄制组接走了,好前往摩泽尔河畔继续拍摄。克拉拉的火车是十一点左右的。在火车上她给文化频道编辑发了一条短信，说广播电视台的庆典活动很成功。

卡尔、鲍勃·迪伦和我

我和卡尔坐在这家墨西哥酒吧里，现在这种吧正时髦。我们聊过去的日子，还聊到自己怎么就成了现在这个样子。"年轻又美丽地死去，岂不称心！"我对卡尔说，"可惜没能如愿，我们依旧活着，而且喝个不停，一看就像个酒鬼，瞧瞧咱们这副模样。"

卡尔瞧了我一眼，说："你想要什么？永远年轻？"接着又要了一杯墨西哥啤酒。自从玛琳娜从他那里跑了以后，他就变得不那么好相处了：很容易发怒，动不动就急，还常常抑郁，接着就是忘乎所以，就像一个中学生——他的情绪瞬息万变。这么多年来他对玛琳娜一直不好。他对她处处指手画脚，大喊大叫，威胁恐吓，可就是万万没有想到她会离他而去。他们俩真是彼此习以为常了——我的上帝，玛琳娜，卡尔往往如是说，你干吗要斤斤计较每件乱七八糟的破事，这就是我的风格，真他妈的！

可是有一天，玛琳娜跟着西德意志广播电视台文化频道的一个编辑去了马提尼克岛，三个星期。卡尔简直蒙了。开始他还琢磨着，得给这个小玛琳娜点儿颜色看看，让她知道什么叫复仇，竟敢明目张胆地找野汉子。她居然回敬给他这个劈腿专家一顶绿帽子。卡尔像在舞台上似的把拳头朝着他认为是马提尼克岛的方向挥舞，并吼道："你给我回家来！"

但是玛琳娜再也没有回家来，除了有一次，趁卡尔不在的时候。那是来取她自己的东西，然后就搬到那个文化频道编辑那儿，住进了他的公寓里。

等到卡尔明白过来，玛琳娜来真格的了，他就给广播电视台那位文化频道编辑打了一个电话，说："听好了，你这獐头鼠目的东西，十分钟以后咱们在施皮茨饭店见，你要敢不来，就等着瞧！"

这位编辑真的出现了，在饭店门口等着他的卡尔快步迎了上去。卡尔个子不高，但很壮实。他怒火中烧，二话没说，上来就揍，追着那位编辑打，一连跑出去三条半街。他第一拳就把编辑的眼镜从鼻梁上打飞了。这位编辑刚想弯腰去捡，卡尔立刻用脚踩住了镜片。

"别和我的眼镜过不去，"编辑叫道，"我还得用它！"

"现在你什么也用不着，你这个混账！"卡尔喊着，"你唯一用得着的，就是乖乖地等着挨耳光，你就用得着这个。"

卡尔边喊边沿着繁华的天箭街追赶他，街上时装店的女售货员们出来好奇地看热闹。其实她们更想知道这场厮打的起因，好能去和别人八卦一下。出于对卡尔的敬畏，行人自动避让出一条通道，好让这两位过去，卡尔一直都在挥舞着双臂咆哮。

"你这个恶棍，"卡尔喊着，"我非把你那想入非非的脑袋揍扁了不可！就想着搞别人的女人，你以为我们在哪儿啊？你以为我是谁啊？你以为能跟我来这一套啊？你是这么想的吧，你这个兜售文化香肠的瘪三，你打错算盘了，小白脸，我敲碎你每根骨头，全身的骨头，明白吗！"

他又踢又打，那个文化频道编辑抱头鼠窜，血从鼻子里涌了出来。有那么一两次，他胆怯地喊"救命"，但没人理他。卡尔再次给了他后背一记老拳，并嚷道："救命？我要你的命，你个蠢货！"

有一位上了年纪的妇女停住脚，怯生生地问："您这是在干什么呢？"卡尔冲着她的脸叫道："老妈妈，您得庆幸，有我在这儿保护您，不会受像他这样人的骚扰。"老人吃惊地离开了。

我给卡尔讲了两位艺术家的事，他们总是穿一身黑色的皮衣，有一次在大教堂广场表演行为艺术，题目是"接吻和斗殴"。他们先是露骨地接吻，吻了两分钟之久，接着是相互抽打，也是两分钟，就这么交替着，足足有半个小时。观众先是吃惊，然后大笑，接着鼓起了掌，自始至终都有人进行着粗野的评论，添油加醋。然而，渐渐地，观看的人群越来越不平静了。两位艺术家打得开始流血，接吻时相互咬破了嘴唇，人群里脱口而出的第一声叫喊是："可恶的同性恋！"

结果是围观的人也都动手进行了干预，但不是在他们打斗时，而是在他们接吻时。这种接吻对于他们来说太过分了，两个大男人，光天化日之下如此露骨地亲吻。这让人无论如何都受不了。至于说到打斗——谁会对它感兴趣呢？

卡尔很喜欢这个故事。

"看来我当时应该去亲那家伙，"他说，"不过那家伙太高了，我够不着。"

我们笑着又要了两杯龙舌兰酒，我问他："那事最后是怎么了结的？他没有告你吗？"

"那家伙，"卡尔不屑地说，"他溜回家找玛琳娜去了，找她去舔伤口了。我真应该揍这个女的，而不是那个臭小子。"

卡尔是我的发小，从上学起我们就认识。我们一起听鲍勃·迪伦，一起搭车去听卢·里德的音乐会，一起在示威游行中挨打，而且也是在一起第一次吸了大麻烟卷。当我在大学第四个学期觉得必须得结婚时——无论如何那时候我们就是觉得必须得结婚，当时就是那样——卡尔成了我的证婚人，尽管他讨厌我丈夫。"有点文化的小白脸。"卡尔瞧不起地说，而且认为我们过不了两年就得散。然而让卡尔吃惊的是，那个小白脸竟如此之快地让我怀上了他的孩子。卡尔理所当然就成了汤姆的教父。像经常发生的那样，卡尔总是能猜出我在想什么，他问："怎么样？咱们的汤姆现在在干什么呢？"

"他呀，"我说，"一直那么乖，打网球，喝健怡可乐，将来不是当警察就是去青年联盟或类似的什么地方工作，这孩子只会带给咱们欢乐。"

"说什么呢，"卡尔反驳道，他特别喜欢汤姆，"别这么说他，这不公正。你得庆幸，汤姆不吸毒，功课又好。你知道，这在今天就是个奇迹了，不是吗？这你不是心知肚明吗？"

　　"对，我明白。"我说，"这些我当然明白，我也庆幸。可是他也太无聊了，卡尔，他对网球世界杯的前三十名了如指掌，还能不打磕巴地背出各国总理的名字。你应该去看看他的房间——你非得恶心不成，收拾整齐得让人作呕，真让人受不了。"

　　卡尔点着头。"和他爸爸一样！"他说，"那个迂腐死板的家伙，你还记得吗，他把自己有关研讨班论文的所有想法都记在卡片上，而且还按字母顺序排列。"

　　"还问我记不记得？"我反问道，"我和他一起过了七年唉。"

　　"后来你听到过他的消息吗？"卡尔问。我摇了摇头，"没有，很长时间没联系了。我猜他是和伊凡·伊里奇①在库埃纳瓦卡，教授什么另类医学或类似的什么。"

　　"小白脸，"卡尔满意了，"无聊的家伙。你得庆幸摆

---

① 伊凡·伊里奇（Ivan Illich，1926—2002），奥地利裔美国天主教神父，作家、哲学家、神学家、社会学家和历史学家。

脱了他。汤姆是个好小伙，他不会那么市侩。咱们俩多少总会影响他一点儿的。"

我们不由得开怀大笑，并频频碰杯。

"你知道吗，"他说，"我觉得关于玛琳娜离我而去这件事，现在我已经不那么在乎了。"

我想打断他的话，可他抬起了一只手。"等会儿，"他说，"让我解释清楚。其实我对付得了她的出走。让我一直难以释怀的是，我当初怎么那么蠢呢。我其实应该能发现，早就应该能觉察到。"

"你指的是她跟那个编辑的事？"我问。

"不是，"他说，"她和我在一起的时候很不幸福。我真是个白痴。我早该意识到这一点，可是我却根本没有注意到。你怎么从来没跟我说过什么？"

我反驳他。"卡尔，"我说，"我和你说过多少遍，你不能对玛琳娜这么反复无常，说过多少遍？"

"是，是，"他说，"这事已经过去了，只要她和那个文化傻帽儿在一起幸福就行。"他抿了一口啤酒，看着我说："我也老冲你嚷嚷，可你并没有总是生气。"

"这是两码事。"我说。

卡尔在我的脸上吻了一下。"咱们俩在寻找另一半时都运气不佳，不是吗？"他笑，而我却想到了布洛克。

就在两个星期前布洛克把门砰的一摔，说："你别蹬鼻子上脸，伊雷妮！"

从此布洛克就带着他的书箱子和他那个便携式打字机消失了，而我又一个人呆坐在这个又大又暗的房子里，里面的花草在枯萎，我也一样。我与汤姆相依为命，汤姆从来就没有接受过布洛克，我们在厨房里吵架，他就把自己关在自己的房间里。"妈妈，跟这么个连电脑都不会用的人在一起能干什么？"他常常如此无可奈何地说。看着布洛克的那个便携式打字机就像是看几百年前的化石。

起初我还盼着他来个电话，等着他的信，我还想，有可能会在我们常去的小酒馆里碰上他，然后我会说："喂，布洛克！"他就会说："啊，你也在这儿，伊雷妮。"接下来我们就会漫无边际地聊一会儿。这一切都没有发生，布洛克消失了，杳无音信，这时候卡尔却调侃道："可能也和西德意志广播电视台文化频道的一位女编辑去了马提尼克岛？也许在那儿有个爱巢？"

我们离开了墨西哥酒吧。天开始下雨。在夏夜微凉的细雨中，我们并排蹬着自行车。当我们路过一家崭新的后现代风格的锃光瓦亮的饭店时，卡尔冲着那自动玻璃门骑了过去。玻璃门无声地滑开，让这辆黑色的脏兮兮的荷兰自行车驶了进去。他按着车铃，打着招呼，在大厅里绕着那些皮沙发骑了一圈，一些胆小的日本商人吓得跳了起来，他们嘴里叽里呱啦，手足无措。接待处骚动了，大堂主管跑出来，从眼镜片的上方盯着卡尔，无言以对。这时候卡尔已经把车骑回到了入口处，在浅棕色的地毯上留下深深的湿泥印子，骑出大门。我们继续前行，后面传来大堂主管马后炮的斥责声。卡尔来了一个大撒把，高举着双臂喊道："嗨。真爽！"

他盯着我说："最近我有时候常梦见暴力场面，那么就得转移发泄出来，至少整点儿刚才那样的恶作剧。"

到家我就看见了鲁珀特来的电报。我和鲁珀特一起生活过四年，是在布洛克之前。总的来说过得不错，后来鲁珀特有了新欢，结了婚，搬了出去。我再也没听到他的任何消息。电报上写着：星期六我在城里，很想见你，鲁珀特。

这是星期五夜里。我的脑袋特别沉，龙舌兰酒和科罗纳啤酒喝多了，我照了照镜子。镜子里看见的实在无法让我满意：湿湿的头发，疲惫的双眼，破旧的皮夹克紧巴巴的，接缝的地方都破了。可我真舍不得扔了它。要是汤姆愿意穿也好呀，可他看见皮夹克就恶心。他只穿印着反对毒品的 T 恤，阿迪达斯夹克，反戴一顶棒球帽。我爱汤姆，可还是常常问自己，为什么偏偏是我，得养这么个后颈刮得精光的儿子。他看上去太乖了！娜塔莎的儿子编着一头的辫子，在一个雷鬼乐队里打小鼓，把女朋友们轻松地带回家过夜。相反，汤姆藏着躲着，不想让我看见他的乌尔丽克，因为他对我和我的生活方式感到羞愧。乌尔丽克的父亲是牙医，她穿的是名牌牛仔裤，和汤姆一起打网球——更多的我也不知道，很可能他们还是两小无猜，将来有一天大概会结婚，然后汤姆就会接手他岳父的牙科诊所。

我的房间看上去很糟糕。自从布洛克走了，我就没再收拾过：垃圾、旧报纸、成堆的空瓶子。我没有打扫过，也没开过窗户，就洗用得着的几个盘子和杯子。所有的烟灰缸都满了，床灰不溜秋，也没整理过，阳台上的植物又一次枯死。这房子和我一样，状态不佳。我得做决定：要么任其如此下去，只想与世隔绝；要么振作起来，再尝试（我自己都不知道这是第几次了）让我的生活有点意义。

我吹干了头发，等头发全干了，我到底还是去洗了淋浴，让热水从头冲到脚，冲了足足有一刻钟。我暖和了，放松了，觉得舒服多了。泪水和洗澡水一起从脸上往下流，我期待着那个瞬间，那时我会把水调得冰凉，到那个时候我就搞定了。

这一刻来得艰难痛苦，就像被电击了一样，可是我的皮肤绷紧了，眼睛明亮了，头脑清醒了。我擦干了身体，找了件舒服衣裳穿上，然后打开了窗户。雨忧伤地唰唰下着，就像约瑟夫·布罗茨基[1]在他的一首诗中描述的那样——他坐在厨房的桌子旁，想着老去的光景，对他而言这时候的雨，"还不是音乐，却也不再是噪音了"。

汤姆去参加他们学校组织的郊游了。就我一个人在家，这几个小时真是太棒了。我打开收音机，调到古典音乐台，尽管现在播放的尽是些片段，柔情古典乐，只放第二乐章，只要不是警醒的或是令人不舒服的，有的时候我就想要这么一点点儿，甚至是莫扎特那可怜的黑管音乐会里的第二乐章，直到它被电影滥用了之后，世界才知道了它——罗伯特·雷德福让梅丽尔·斯特里普，我要是没记错的话，在《走出非洲》的电影中听着这支曲子[2]洗头

---

[1] 约瑟夫·布罗茨基（Joseph Brodsky，1940—1996），俄罗斯犹太裔美国诗人、散文家、诺贝尔文学奖得主。

[2] 《走出非洲》电影里引用的是莫扎特创作于1791年的《A大调单簧管协奏曲》。

发，在大草原上。

我又擦又扫，把干枯了的花还有旧报纸扔掉，把空瓶子送到地下室，把衣服用衣架挂起来或是装进衣袋准备送洗衣店。我一边把我的床收拾得整整齐齐，一边想：等着吧，谁知道会发生什么——扯下旧床单，换上新的。我把厨房和浴室里的水池连洗带抛光，还一边跟着哼唱那个愚蠢的咏叹调："在这个世界里，我没有了父母和兄弟姐妹。"心里还挺高兴，我的状况就是如此。因为我可不愿意老妈会看着我说："伊雷妮，伊雷妮。"

我感觉不错，终于又有了这种感觉。凌晨三点，我倒在了床上，窗户大敞大开，睡得深沉惬意无梦。

十点钟的时候，我被门铃声吵醒了。可别，我琢磨着，别在我这儿按门铃，别在这时候，别这么早。我得先穿衣服、先吃早餐，还得先看报纸，然后我才准备好了和人打交道，此前没戏。

我躺着，任凭门铃去响。邮递员？鲁珀特？爱谁谁！我在床上伸了个懒腰，享受着阳光，就这会儿阳光还能照着我，剩下的一整天，阳光将掠过房顶消失不见。我又睡着了，然后被重新响起的门铃惊醒——现在一点多。鲁珀特！我想，真该死，现在他站在门口，而我还躺在床上，外加穿着这么件印有死裤子乐队①的 T 恤。不行，不能开门。对不起，鲁珀特。我伸了伸懒腰，站了起来，洗了把脸，把剩下的吃食找出来凑成一顿早餐。已经是星期六中午一点了②，汤姆明天晚上就回来了——嗨，总是能找到什么吃的，冷冻的比萨饼，意大利面条，能长期保存的牛奶，总之，现在我是绝对不会为了几个鸡蛋和一点汤料挤在收款台那长蛇阵中的。

我蹑手蹑脚地下楼到了信箱那儿——没有人。我抽出报纸，上面贴着个小条，就是他那工工整整的字体：你在哪儿？三点钟我再来看看。鲁珀特。

这主意不错，三点钟，还有整整两个小时，让我好好捯饬一番。我无法集中注意力读报，脑子里总是想着鲁珀特。那四年总的来说称得上是好时光，尽管没有激情。鲁珀特演话剧，大部分是在很小的地下剧场，比如说演了三百四十二遍"开放式二人关系"，一遍又一遍地演"开放式二人关系"，我问自己，普通人怎么能受得了？首场演出我觉得他非常出色——突然气质尽显！他的声音能

① 死裤子乐队（Die Toten Hosen），成立于20世纪80年代初的德国朋克运动时代。

② 当时星期六所有商店都是下午两点关门。

如此洪亮，人显得如此生动！我惊呆了，为他自豪，而且重新堕入情网。几周以后我和朋友们第二次去观看演出，感觉就很难为情。他在我的眼里，就像在家一样，穿着内衣，坐在厨房的餐桌旁，读着《法兰克福汇报》，极其认真，一页不落，页页都同样精读，或者换个说法，完全彻底无聊地深陷其中——政治、经济、文化、旅游专版。一连数小时喝着茶，吃着抹了奶酪撒上葱末的面包，而我想着的就是我们没有发生任何趣事的那些夜晚。但是在舞台上他满台转悠，活像个参加跳土耳其德尔维希旋转舞的舞者，他诙谐、机智——可这是他的角色，是达里奥·福[①]，而不是他。尽管如此，我还是很恼火。等到半年以后，我第三次再看，已经是忍无可忍了：这个男人对身边的我视而不见，任凭我焦渴枯萎，在舞台上却感情奔放，蹦来跳去。中场休息的时候我走了。后来在另一个地下剧场，他在加夫列尔·加西亚·马尔克斯的话剧《对一个坐着的男人的爱情控诉》里扮演那个男的——他得两个小时安安静静地背对观众坐在一个板凳上，让一个女人对他大喊大骂，一把鼻涕一把泪地哭诉，把那糟糕透顶

---

① 达里奥·福（Dario Fo, 1926—），意大利剧作家、戏剧导演，1997年获诺贝尔文学奖。

的日子和盘托出，他一声不吭地坐着听。我觉得自己就是那个女人。敌意在鲁珀特和我之间弥漫，这场戏演到了家里：我叫喊着，他穿着内衣坐着看《法兰克福汇报》。有一天，他对我说，他爱上了那个女演员，就是那个每天晚上在舞台上把他骂得狗血淋头的女人，她怀上了他的孩子，他要和她结婚。我们俩的关系就这样寿终正寝了。

门铃又响了。在这个广漠无际、不可捉摸的世界上，对我而言存在着什么样的理由，使我非得对这个鲁珀特这么按铃做出反应吗？丝毫没有。

我给自己做了杯香甜浓郁的咖啡，抽着一支高质量的烈性香烟，任凭门铃去响。很有可能鲁珀特也试着打了电话，可那电话早就挪到汤姆的房间去了，他不在的时候我索性拔掉电话线。我讨厌电话铃声，当我做着美梦、读着书或者是听着音乐的时候，这种声音太打扰，而且我也不想让每个人随时都能联系上我，若遇上紧急情况，卡尔有我的钥匙，这让我不至于像那些人人都知道的退休人员，在家里死了八个星期以后才被发现。

门铃发出尖锐的响声，我变得怒火中烧。太过分了，我思忖，从前屁也没放就走了，现在想随着疾风暴雨式的门铃声再次闯入我的生活，你以为你老几啊！

现在完全静下来了。只听得见我把香烟捻灭的声音，这回让我搞定了。

我走到窗前，从窗帘后面偷偷往下看。街上站着的是布洛克，不是鲁珀特，他也正在往上看。布洛克，消瘦而且总穿着一身黑衣服；布洛克，供职于一家时代精神报社的时代精神写手，戒了酒，常年情绪不好；布洛克，那个一贯教训我的人：我读的书不对，听的音乐有问题，与我有关的一切都不对头，特别是我的职业——在一所综合学校当教师，大错特错。可是我热爱自己的职业，孩子们也喜欢我。我们学校里外国孩子的比例很高，教课不容易，可是我干得不错。有时候我和孩子们一起吃早餐——我让孩子们把自己在家吃的早餐带来，然后互相交换。教室里一片狼藉，可是他们相处得很好，彼此也更加了解。布洛克认为这很愚蠢，还说："只要他们一出学校，一些人就会把燃烧物扔进另一些人住的房子里，你就等着瞧吧。"我坚信，我的学生们不会这样做，因为他们在我这儿学到了另外的东西。可是布洛克一贯悲观，经久不变，对他来说没有好的、只有坏的可能性。我根本捉摸不透，今天什么风把他吹来了，他葫芦里卖的什么药。他转过身，顺着街道走远了，我真高兴，没有把门打开。更令我惊奇的是，生活中的两段旧情今天怎么全冒了出来。

我又坐回了厨房的桌子旁，开了瓶葡萄酒，心里琢磨着，生活中我到底想要的是什么。一个男人？一个真正的家庭？肯定不是。多几个理智的人在我身边——曾经有过，可是我突然想起加里·库珀在美国西部片里骑马进入一个城市时嘀咕的话："城市意味着人群，人群意味着烦恼……我不想要烦恼。"只要几个好朋友——最好也别走得太近。我不想接那些歇斯底里的女朋友的电话，都过了四十岁还怀了孕，并开心地告诉我她羊水分析的结果，我也不想半夜接萨比娜的那种电话，醉醺醺地——"听着，我正在看一本书，有关圣女贞德的，你知道吗，对她的火刑完全是不公平的。"……好了，好了。我不愿意再应邀参加什么生日派对、婚礼庆典，那都是在浪费生命。我也不愿意再有个男人坐在我的厨房桌子旁，他的脏衣服扔在我浴室的地上，我不想每晚都有一个男人在我床上。不是每晚，可怎么才能办得到，仅仅时不时有男人？人怎么才能独处至老可是又不孤单？汤姆三年以后就会离我而去，到那时候他就中学毕业了，毫无疑问，他的中考成绩会很好，然后他不是学体育就是学口腔医学，接着是和一个叫什么乌尔丽克的结婚，或者是当丁斯拉肯的市长，养一群迷人的孩子，假期就送到奶奶家，那个奶奶就是我——不行，这一切都不是我想要的。我就想做我自己，以我的风格生活：不修边幅，不收拾屋子，抽烟，工作，喝酒——"跳舞，行呀，可是这双沉重的鞋得穿着。"——不知道在哪儿读来的，我特喜欢。听着鲍勃·迪伦唱"一切都好，妈妈，我只不过是在淌血"，以及电视里播放幸福的母女或令人恐怖的动物画面时，我就想流泪。但这些都是我想做的，而且不愿意这时有人嘲讽地看着我说："天哪，荷尔蒙又让人发疯了？"

　　不会再有鲁珀特、再有《法兰克福汇报》；不会再有布洛克，和他那双鞋跟磨偏、鞋尖往上翘起的黑色牛仔靴。我们班上的一个吉尔吉斯族孩子讲过，蒙古人认为鞋尖往上翘是为了不划破大地之神的面孔。非常美丽的一个画面——可是布洛克为什么穿这种鞋？他是个沮丧的无神论者，在科隆的大街上穿鞋尖往上翘的牛仔靴？荒谬，一切都很荒谬。要是有谁想跟我讨论我的生活该怎么过，对不起，我早就烦透了。我渴望找这么个人，他完全接受我的现状：不修边幅，头发上有头屑，心灰意懒，他得把我重新变得像从前那样神采奕奕、精神焕发。我就想做我自己，不想当什么夫人、母亲、女儿，现在还不想当奶奶，简简单单就做我自己。

门铃再一次响起来。收音机的古典音乐台里一位钢琴家正在马马虎虎地弹奏贝多芬的热情奏鸣曲。我想起列宁曾说过，他也非常愿意沉浸在热情奏鸣曲中，可是现在没有这份时间，这时候要做的事是砍头。我也想把下面按门铃的那个家伙的头砍下来。

我拿起自己的酒杯和香烟，走进了起居室，一晃已是黄昏了。有没有可能，我自得其乐地想，我的前夫，那个迂腐死板的知识分子从库埃纳瓦卡回来了，刚巧今天也在下面按门铃。说不定三个人都在下面，正议论着我，想进到我的厨房里，我还应该做煎土豆和荷包蛋，给鲁珀特——那个无聊透顶的家伙；给布洛克——那个十一岁就读了陀思妥耶夫斯基，十四岁就已经三次半心半意地尝试过自杀的人；给我的前夫——那个坚持不懈要从整体上改变这个世界，可在具体的小事面前却束手无策的主儿。偏偏在今天，说不定他还想看看自己的儿子，那个长着一头金发的托马斯·赫尔曼·弗里德里希，幸亏他像是从父亲家族的模子里刻出来的，一点都不像他那颠三倒四的妈！对不起，我的先生们。我不想见《法兰克福汇报》的读者，不想见那个愤世嫉俗的家伙，不想见那个妄图改变世界同时还是父亲的人，儿子不在家，母亲没心情，谢绝入内。

就在这一刻，有把钥匙插进了我起居室的门锁里。不可能是汤姆，另外他也从来不会这样，不以商量好的方式先按门铃就开门——他不希望在会令人尴尬的情况下惊扰我。鲁珀特走的时候就把钥匙还给我了。那个前夫根本就没有过这个公寓的钥匙，还有就是布洛克——布洛克应该不至于这么无耻，拿把钥匙就理直气壮地又进来吧，当初他可是目中无人地摔门而去的。要是他，我一定把他轰出去，会把那些一直放在走廊一个袋子里的波德莱尔的书砸到他脸上，那些书的封面是珠灰色山羊皮做的。没准今天他就是因为这些书才过来的，我得……

进来的是卡尔，他站在门口，个头不高，挺壮实，一脸的困惑。

"为什么不开门呢？"他问，"你死啦？"

"我想还没有吧，"我说，"只是不想把我的过去放进来。"见到是卡尔，我真是太高兴了。

"别，"卡尔说，"让它进来，也让我进来。赶快打开电视，正在播放鲍勃·迪伦之夜节目。所有音乐怪人都在唱他的歌，只唱他一个人的歌，我实在没办法一个人看，这种节目只能和你一起看。"

卡尔从厨房拿过来两瓶啤酒，我打开了电视机。

威利·尼尔森出现了，梳着他那长长的灰色发辫，面庞英俊，他唱道：

你想要的，到底是什么？

你能不能再说一遍？

过一分钟我就回来，

到时候你能不能搞明白？

"对呀，"卡尔说，"那个时候到底是怎么回事呀？我曾经想要什么？我自己都忘光了，你告诉我吧，威利！"

我用胳膊搂住卡尔，说："瞧瞧威利·尼尔森，他一直忠实于自己，你再看看，美国和他那些牙医们把克里斯·克里斯托佛森给弄成什么样了！"

克里斯托佛森现在成了个肥胖的庸人，戴着一口令人作呕的假牙，可是毕竟是他安慰了哭泣的女歌手西尼德·奥康娜，前不久希妮德·奥康娜当众撕毁了教皇的肖像，听众开始起哄，不让她唱，是克里斯托佛森把她扶下了台，对此我义愤填膺。

"为什么让这些人参加迪伦音乐会？"我问，"迪伦在哪儿？他怎么可以允许这种事情发生？"

"不是他允许的，"卡尔说，"这个世界荒谬虚伪，这一点迪伦比谁不清楚？他会为此写首歌的。"

我和卡尔喝着啤酒，埃里克·克莱普顿和卢·里德留着汤姆那么短的头发，居然唱着："不必多想了，这没什么。"这让我想道：看起来还不是一切都已经失落，尽管时代变了，有些东西自始至终不会变，谢天谢地，有些东西会永远保持下去。

强尼·温特上来了，他手中的吉他，就像他那文了身的皮肤一样，被他虐来虐去。他又高又瘦，死人般苍白，闭着他那白化病的眼睛，灰白的马尾发垂散在他的后背，唱了《重返61号高速公路》，他用吉他燃起的绚丽焰火让我们屏住了呼吸。接着上来的是大鼻子小矮人和帕蒂·史密斯的混合体——滚石乐队的荣·伍德，他那张脸就像个百岁的强盗骑匪。他穿着一件黄色带绳边胸饰的衬衫，哼唧着"七天多了，我能做的事就是苟延残喘"，而我想到的就是我们曾经的恐惧、梦想还有希望，我往卡尔那儿靠得更紧了些。卡尔，这个从我十八岁就把我了解得透透的人，这个连我母亲也认识的人，这个知道什么叫伤口的人，他明白这个伤口的另外一个称呼叫母亲，而且这个伤口永远无法愈合，直到现在还在我的内心中淌血。啊，卡尔。

这时候大师本人登台了。甲壳虫乐队的吉他手乔治·哈里森介绍他道："有人叫他鲍比，有人叫他齐米，我称他幸运，鲍勃·迪伦先生。"

鲍勃比前面上来的那几位显得矮小而且纤细，一头短短的卷发，身着一件短夹克。围绕着他嘴边的是一道道深刻且明晰的皱纹，他闭上眼睛，弹着吉他唱了起来。唱？他用浓重的鼻音，嘶哑、拖沓地唱着，声音就像踯躅街头的老醉汉，像条受伤了、作猞猞声的街头流浪犬。在其他人疾风暴雨般的吉他演奏后，他的一反常规的沉稳演奏倒是更令人震惊。鲍勃站在台上，没有搔首弄姿，没有吉他的固定低音，没有闪闪发光的服装，可他总是能把我们所有人带入诗意的世界，他悄悄低声吟唱："一切都好，妈妈，我只不过是在淌血。"好啦，妈妈，别操心，我正在死去，我的心正在破碎，至于其他的，一切正常，妈妈。

你失去了你自己，你再现了，

你突然发现，你无所畏惧。

你失去了自己，你又找回了自己，现在你突然感觉到：你不必再恐惧什么了，有人来到了你身边，他找到了你。

卡尔还有我的泪水夺眶而出，然后我们对视着。终于我们接吻了，终于，经过了二十年的弯路，我们吻得饥渴、惊奇、幸福，我们俩漫长的人生之路终于在这一点上交会了，命运始终带着我们向这个点迈进。我想要的是什么？是这个，就是这个。

当门铃再次疯狂响起时，我们没有开门，卡尔，鲍勃·迪伦和我。

香肠与爱情

当时哈里刚从电影学院毕业，成绩出众，不久就有机会拍他自己的第一部片子。赞助费得到了批准，拍摄班子归他调遣，电视台答应支持该片的制作并最终予以播出。那是70年代中期，我们大家都在念戏剧专业，而哈里同时还上了电影学院。

哈里喜形于色。他坐在我们的厨房里不断琢磨着这部片子，他想出了别出心裁的爱情故事、含义深刻的戏剧性场面、具有双重意义的喜剧，最后决定拍一部耐看的侦探片。

"这才是他们想看的。"他说，"他们总是需要侦探片，我必须一炮打响，先得创下票房纪录，理想以后总有机会去实现。"

哈里是个现实主义者，要不然他现在也不会坐在圣莫尼卡，也不可能认识达斯汀·霍夫曼①。哈里一向目标明确：他要当著名导演。还是个孩子的时候，他就用一部老超8摄像机在他爸爸的一个香肠店里拍摄过《店中一日》：泡在店里喝啤酒的流浪汉，傍晚下班后急急忙忙往嘴里塞红白相间的咖喱香肠和薯条的办公室白领，忙里偷闲来解解馋的家庭妇女。哈里用老超8摄像机把他们都拍了下来，还配上了解说和音乐。这就是生活，这就是他的生活。

一部侦探片，但不能缺少爱情。一部反映师生生活的侦探片，这种氛围与他自己距离不大，他了解。男学生爱上了女老师，不，还是男老师爱上了女学生更妙。他引诱了她，她的男朋友妒忌，谋杀，真相大白，眼泪，爱与死，太棒了！

他开始写分镜头剧本，但这不是他的强项。哈里善于运用画面，在我们的厨房里他也完全称得上是个能言善辩的男人，但分镜头剧本可不是那么容易写的，所以朋友们都得帮忙。我们和他一起编故事、推敲对话、提建议，他修改，我们喝阿尔及利亚优质红酒，吃夹西红柿奶酪的黏糊糊的吐司。分镜头剧本越写越长，最后定了稿，电视

---

① 达斯汀·霍夫曼（Dustin Lee Hoffman，1937— ），美国著名电影演员。

台编辑大喜过望。一位有经验的男演员饰演老师，一位既年轻又漂亮的女演员出演学生。整个项目真的准备就绪了，开拍在即。

哈里极为幸福和激动，摩拳擦掌准备大干一场。但等一等，似乎还有什么事让他放心不下。

"我也说不好，"他说，"但确实有件事还没有搞定，那就是电影还缺个理想的开头。我总不能让她就那么坐在教室里热烈崇拜他吧。多丽丝，一位热恋中的十七岁姑娘会做什么？"他问我。

亏他问得出来！我总是惊讶，男人和女人之间竟然还能建立起爱情关系，尽管他们彼此是那么不了解对方。我十七岁时曾爱得痛不欲生。他是个小提琴手，面色苍白，头发金黄。我热情奔放，他则沉静如水。正因如此我才爱他，他的一切都与我截然不同。年轻的时候，人们总是爱上与自己不同的人，年长以后才寻找与自己类似的人，寻找安静、理解、和谐和一致。但十七岁时一切都必须是新奇的、另类的、罕见的。我的钢琴弹得一塌糊涂，他的小提琴拉得出神入化。我年轻而毫无经验，他三十出头，在乐队里有个固定的女朋友，还和一位戴顶大帽子的西班牙语女教师有艳遇。但他和我一起远足散步，他握着我的手管我叫公主。他带我到他的住处，用他的小提琴给我演奏柴可夫斯基和勃拉姆斯，我的心在颤抖，恨不得立刻嫁给他。当然这是根本不可能的，我还有两年才中学毕业。我们甚至没有在一起睡过觉，当时还是60年代！我们不过是偶尔接接吻。为了他我写满了一本又一本日记，写他，写给他。"今天我见到了你，这是金色的一天。"我写道。我写诗："一切最终不过是一场等待，等待你，等待你的爱；你深深、无法形容地深深充盈着我，就像众多花朵的芬芳充盈着一座狭小的花园。"

如今我想自己大概是在什么地方读到过类似的句子，或许是从哪儿抄来或改写的。但当时觉得所有这些感情都只能出自我的内心，没有任何人会和我有同样的感受，从书本上学来的东西与梦想的界限已经变得模糊不清。

一座狭小的花园……不错，我念给哈里听，他大受鼓舞。

"太棒了！"他喊道，"她就是得给老师写这种伤感诗！"

尽管过了这么多年，忆起这些时，我的心中仍旧有些隐隐作痛。

"我用自己的心血替你把天空染成黑莓色，但你从未与傍晚一起降临，我穿着金鞋伫立在那里。"我背诵，哈里高兴得在地毯上直打滚。"金鞋，我受不了了！"他笑道，"这真绝了，你听到了吗，奥托，女人们穿着心仪的金鞋伫立在那儿等待着我们，来，把它写下来，多丽丝，她正是该这样含情脉脉地注视他。"

"埃尔泽·拉斯克－许勒尔[1]，"我冷淡地说，"这不是我写的，这是埃尔泽·拉斯克－许勒尔的诗。"他问道："我认识她吗？她也是学戏剧的吗？"

"不，"我傲慢地说，"你不认识她，埃尔泽·拉斯克－许勒尔是位不寻常的伟大诗人。你甭想在自己的电影里移花接木。"

作为香肠店老板的儿子，哈里听不得"移花接木"[2]这个词。"我不是移花接木，"他说，"我是艺术性改编。"

"行了，"我说，"要是阿瑟·米勒对玛丽莲·梦露[3]说'你是我见过的最悲伤的姑娘'，后者把这当作一句非常珍贵的话，是只针对她讲的，可一转眼这句话已经出现在他下一个剧本中。这叫什么？这就叫移花接木。在这方面你们都是一丘之貉。"

"米勒做过这种事？"哈里问道，"这个诡计多端的老

---

① 埃尔泽·拉斯克－许勒尔（Else Lasker-Schüler，1869—1945），德国著名女诗人。

② 此词在德文中发音类似"香肠"一词。

③ 美国作家阿瑟·米勒1956年娶玛丽莲·梦露为妻，1960年离婚。

狐狸。来，多丽丝，别闹别扭。这个电影会成为一部偶像片，我们大家都会举世闻名的，谁认识埃尔泽、米勒什么什么的是何许人呀！动手吧，把你的日记看一遍，给我找出点什么：爱情的折磨、悲叹、苦恼，全部思念的点点滴滴。听着，我这样开始：俯视校园，她和其他姑娘站在下面，他站在三楼教师办公室的窗前。他往下看，喇，拉近镜头，她的特写镜头，她往上看，然后我听到了她的心声，你明白吗？"

"她在想什么？"奥托问，"她来例假了，拉丁文作业做得一塌糊涂？"

"笨蛋，"哈里说，"她想……她想，就是嘛，她想什么？多丽丝，这正是你得写的：一个姑娘彻底堕入情网时会想些什么。金鞋、为天空染色什么的，你知道的。我们似乎在听着她如何思维和作诗，来，多丽丝，帮我写出来。"

"你付什么报酬？"奥托问，"心血是不能白费的。"

"你这家伙，"哈里说，"别总这么利欲熏心。你知道经费少得多么可怜。多丽丝反正已经记下了全部爱情感受，她只要把这些抄下来。或者把你的日记本给我，多丽丝，我自己找出最缠绵的段落。"

"你想得倒美，"我说，"你那油腻的手指任何时候都甭想碰我的日记本。"

"哈，"他说，"这也不错，像瓦格纳一样用个头韵[①]，维古拉维阿，沃坦，沃格，用油腻而令人恶心的手指进行悲伤的祈求[②]……"他和奥托笑得流出了眼泪，然后哈里点燃了一支烟，作为告别吻了吻我的面颊并说："多丽丝，我可就指望你了。星期一见。"

这是个令人伤感的周末。我沉浸在当时的愁苦中，读那位小提琴手写给我的纸条——"我的公主，"他写道，"我们的爱高高地盘旋在摇摇晃晃的脚手架上，小心，不要睁开眼睛，我们在下坠……"

我读着一叠厚厚的情书，这些情书是我用褐色的墨水写给他的，却从未寄出过，信中我旁征博引世界文学中的名句，当然做了与他相关的改动。"我的小提琴手，你的笑容是那么温柔与细腻，就像古老象牙上的光泽，似乡愁，又似圣诞之雪……"

这是谁的诗？里尔克？为什么我几乎不再忆起这些，难道我现在的生活与当时那个热恋中的年轻姑娘完全脱

---

① 上一句中的"油腻的手指"（fettige Finger）均以 f 开头。

② 此处为文字游戏，在德文中，前三个词均以 w 开头，后六个词均以 f 开头。

节了吗？我怎么了，我是什么时候忘却这一切的？当时我心比天高，自己想出和从别人那儿盗用的画面都堪称别出心裁。今天我谨小慎微，我的心不再燃烧，没能让世界适应我的激情，我却适应了世界。我在思考，谁该为所有这些损失负责。长大成人？大学生活？奥托的实用主义？我渴望能回到初恋时那种幼稚的情意绵绵的状态。

我一点点地追寻着自己感伤的过去，奥托情绪不好，他问："我们到底还煮不煮这可恶的甘蓝了？"我温柔地回答道："你煮吧，亲爱的，我现在煮不了，我的心思不在那儿。"但后来我还是告诉他，得先把洋葱放在鹅油中煸一煸。

"秋季，哭泣着扑倒在地是多么容易。"1963年10月我这样写道，今天我还清楚地知道，这句话出自一位匈牙利诗人，他的名字我早就忘了。我又回到了十七岁，门铃马上就会响起，金黄色头发的小提琴手会弱不禁风地靠在门框上对我耳语："嗨，公主，来，让我们飞离这里。"

当我因为他而伤心时，他曾为我写道：你应逃避到那美好而仅仅属于你的东西中去。

现在什么是仅仅属于我的呢？甚至连我最隐私的日记都要被用到一部电影中去。我到底为什么要同意这样做呢？我想，我觉得这样我的日记在这么多年之后总算还能派上点用场，世人会听到它们，虽然不知道这是我的灵魂在喊叫，但起码能听到某个灵魂在喊叫，是吧？

哈里星期一打来电话："嘿，我的爱情篇章如何了？"

"我正在写。"我说，接着就给他念了起来：

> 你用如此桂冠奖赏我的命运。
>
> 靠奋斗你成就了自己，我却无法与你并驾齐驱。
>
> 有朝一日，即使我必须红着脸承认，
>
> 我对你而言不过是稍纵即逝的瞬间，
>
> 你对我却曾意味着我全部的青春！

哈里目瞪口呆，惊讶得半天说不出话来。

"你还在听吗？"我问道。

"我的天哪，"他说，"这是你写的？"

"不是，"我说，"是鲁道夫·宾丁①的诗，但我做了些改动。"

"接着写，"哈里说，"多写点儿。我不在乎是某位米

---

① 鲁道夫·宾丁（Rudolf G.Binding，1867—1938），德国作家。

勒女士的诗，还是宾丁先生的诗。做些改动，省得我们惹上侵权的麻烦。注意别押韵，她毕竟不可能用诗句思维，你明白我的意思吧？把桂冠、命运和稍纵即逝的瞬间什么的都删掉，就让她想：我对你不过是瞬间，但你——你却是——他是什么来着？"

"你对我却曾意味着我全部的青春！"我无力地说。

"没错，"哈里说，"但不要'曾'，风流韵事才刚刚开始，把'曾'去掉，你对我却意味着……太棒了，我把它放到片头，你知道，她走过校园，往上看，他恰巧也在往下看，然后……"

"然后，唰，拉近镜头。"我说道，"他看到她，我们听到她的内心独白。"

"完全正确！"哈里在电话里喊了起来，"你是怎么知道的？""你已经说过了。"我说。奥托从厨房喊道："问问他出多少钱！他甭想白捡便宜。"

"他说什么？"哈里问。我说："明天晚上完稿。"

整个星期一我都在读，熬了个通宵。我重温了十七岁时的自己，找到许多连我自己都不能忆起的想法和曾让我热血沸腾的感情。我又看到那个瘦骨嶙峋的自己，总是穿一身黑，一支接一支地吸烟，高跟鞋鞋跟高得不能再高，面色苍白地站在我那脸无血色的小提琴手身旁，他对我说："唉，公主，你太年轻了……"我说："我觉得自己像春风中的一棵树，一旦风暴来临，它就会折断。"我抄录里尔克的诗："如果我生长在那里，岁月轻盈，时光纤细，我将为你构想出一场盛大的庆典，我盈握你的双手不会如此笨拙而恐慌，就像间或发生的那样。"

他那时与我分手并不奇怪。啊，我多么想今天能有机会与他重逢，向他解释十七岁的姑娘是怎么回事。

我从当时所有的诗、信和日记中为哈里整理出充满渴望的独白，它是这样开始的：

> 我的最爱，脉脉含情地望着你的不仅仅是我的眼睛，而且是我的心。涉过无数梦的海洋我才来到你的身旁，现在千万不要用你那铁石般坚硬的心来折断我的翅膀！我愿永远与你谈情说爱，但你我都知道，真情无语。你是我的一切，我对你来说不过是瞬间……

"这真是太棒了！"哈里激动地说，"铁石般坚硬的心、梦的海洋，你们女人为什么总能想出这种比喻？这正是我所设想的，然后她向上望去，接下来……"

"……接下来，唰，拉近镜头。"奥托说，"天哪，多丽丝，你当时给那个可怜的家伙真写过这种信？"哈里说："了不起，我写不出这种信，女人总是让人捉摸不透。这段独白用在我的电影里正合适，多丽丝，你真棒。"

他想吻我，但我把头扭开了，心想：你懂什么。你能懂什么？没人给你写过这种信，今后也不会有人给你写这种信。你所有的电影都会缺乏心灵底蕴。哈里，你的心对爱之烈焰的认识将局限在黑暗的剪辑室里。

好了，简言之：哈里的第一部电影已经极为成功——格里姆奖[①]、金摄影奖[②]、基督教电影批评奖。如前所述，今天哈里坐在圣莫尼卡，不仅认识达斯汀·霍夫曼，甚至认识克林特·伊斯特伍德[③]，并且已经和薇诺娜·赖德[④]合作拍过一部电影。

二十多年前，我在电视中听到自己的话被既年轻又漂

---

① 阿道夫·格里姆奖，德国电视奖项，自1964年起每年颁发一次，此奖以德国西北广播电台第一任台长的名字（Adolf Grimme）命名。

② 金摄影奖，自1965年起由德国电视节目杂志《聆听》（Hörzu）举办的媒体奖，颁奖对象不局限于电影电视领域的专业人士，但以其为主。

③ 克林特·伊斯特伍德（Clinton Eastwood Jr., 1930— ），美国制片人、导演及演员。

④ 薇诺娜·赖德（Winona Ryder，1971— ），美国电影演员。

亮的女演员望着楼上的窗口喃喃道出，窗口站着老师，他若有所思地往下面的校园张望，接下来，唰，拉近镜头。

我想：也许现在我那年轻的，不对，应该说是年老的小提琴手正坐在什么地方看电视，这些话他听起来有些耳熟，让他大为感动，他心中有什么东西融化了。他将，噢不，他不可能知道这些话，因为这封信我从未寄出过。这封信我甚至没有写过，只是为了这部电影，我才用当时的真实感情和盗用的引语设计了这封信，现在有八百万观众在听着它。他们听时能感受到什么吗？他们会笑吗？或许他们会忆起那样一个时代，那时的感情还是那么动人心魄，那么光芒四射，犹如南方夏夜的满月？

电视台播出这部电影两周后，当我走进我们的厨房时，那里放着一台大的老式铸铁香肠切片机，奥托正在用它切一根匈牙利色拉米香肠，切出的片薄得只有几毫米。

"这是什么？"我问道，"你从哪儿弄来的？"

"这个，"奥托说，"是世界上最棒的香肠和火腿切片机，是哈里祖父的，哈里刚才送过来的，算是给你那爱情独白的报酬。行吗？我看蛮不错。"

我也认为可以。为什么不行呢？香肠切片机本身无可厚非。但只要我和奥托用它切火腿、熏肠或是色拉米，我的心就隐隐作痛，就好像我自己的心被这台香肠切片机切成了薄片。

当我此后不久与奥托分手离开他时，我没有带走香肠切片机。奥托非常高兴，至少切片机留在他那儿了。

背
对
世
界

1962年春，中学毕业的弗兰齐斯卡离开父母家到慕尼黑去上大学，那时十九岁的她依然是个处女。这在当时并没有什么特别的，那年代人们在性关系方面比如今要拘谨得多。在德国执政的仍旧是阿登纳，1968年[①]还远远没到，母亲们一般而言要守身如玉到新婚之夜，她们自然也教育自己的女儿要这样做。人们期待年轻男子积累性经验、能够宣泄自己的激情，但年轻姑娘则必须洁身自好。弗兰齐斯卡并不想守身如玉到结婚那天，她也想积累经验，她觉得自己已经像熟透了的果子，她想知道男人到底是怎么回事。她想最终把大家都那么看重的著名的

---

① 指联邦德国当年的学生运动，此运动中大学生们在性解放方面进行了大胆的尝试。

初夜拿下。但办这档子事她得找个行家，决不能找个面色苍白的学生，那些接她去跳舞的乳臭未干的学生们往往笨手笨脚。几乎有两年时间，她曾和其中之一谈恋爱，那是个非常讨人喜欢的军官儿子，他瘦长而动作不太灵活。其实他们已经好得就快一起度过双方的初夜了。这时他给她写了一封长达十四页的信，信中他说自己不敢，他怕会做错什么，他宁愿与一个有经验的妇人度过自己的初夜。男人就可以随心所欲。那好，她也能、也想照方抓药：不要双手因害怕而出冷汗并发抖的毛头小伙子，不要情场上的半吊子。弗兰齐斯卡决定要亲自筛选出她的第一个男人。谁应成为她从姑娘到妇人这段人生重要路程上的老练引路人，她不想让偶然性或是愚蠢的热恋来安排。

其实弗兰齐斯卡也并非一点儿经验没有。在社交聚会、学校庆典、毕业舞会以及电影散场后，黑暗角落里不乏情色练习。汗淋淋的热手摸过她的胸脯，也曾从裙腰和紧身袜间向下摸过，但一碰到她紧紧并着的双腿就知难而退了。她最后一位男友是个结了婚的音乐教师。她父母去听大提琴演奏会时，她曾和他一起在她闺房中狭窄的床上躲在百衲被下呻吟、打滚。她甚至脱得半裸，允许他往她裸露的双乳间轻唤"我爱你"。从开着盖的手提电唱机中飘出法国诙谐歌曲《普罗旺斯的蓝色天空》，贾克斯·布雷尔咬牙切齿地歌唱着他并不相信的爱情，因为他认为所有的女人都不忠实、残酷而浅薄。

这位音乐教师抱怨他的老婆自打怀孕起就不让他碰了。反正弗兰齐斯卡觉得他并不是她的理想人选，他虽然颇有经验，可他的触摸让她感到匆忙和笨拙，他使她失去耐性。他不像个沉着的情人，倒像个烧过了头的蒸锅，随时都会炸裂。后来发生的事情果然不出所料，音乐教师尚未进入她体内就早泄了，道过歉，穿好衣服就无地自容地逃之夭夭。不一会儿父母回来了，她假装睡着了，心中暗想：真倒霉。

接着就是中学毕业：各科考试、各种激动以及各类庆祝。后来她终于来到慕尼黑开始了大学生活。现在她给自己改名叫弗兰卡。她学罗马语族语言文学和民俗学的第一学期已经结束，但仍旧是什么事也没有发生。她曾几次躺在学生宿舍的毛烘烘的希腊牧羊人地毯上听凭男人亲近自己，可那都是些什么男人啊！或者是虽能引用海德格尔，却不知道如何解开胸罩的学生；或者是镜片肮脏、有口臭并穿着廉价皮鞋的助教。而且她第一学期也确实有很多事要做：报名参加该上的专题研讨班，熟悉大学、图书馆和大学生生活。她找了间房子，不久又得搬家，因为房东骚扰她。而且他也确实并非她心仪的那种男人，是个秃头、穿拖鞋的肥胖单身汉。早晨他总是边敲她的门边沙哑地喊道："施泰因梅茨小姐，您为什么把自己锁在屋里呢？我只不过是想对您好点儿。"

假期里她和女友一起到法国，在勃艮第帮忙摘葡萄。干活多，挣钱少，但十分有趣。可在所有收获葡萄的帮工中，她仍旧没有找到愿与之共度初夜的那位男子。那是些友善的农民，他们的双手因劳作而粗糙。和他们可以一起欢笑、歌唱、干活和畅饮葡萄酒，但激情就难以想象了。此外所有帮工都集中住宿，姑娘们住在一个粮仓，小伙子们住在另一个粮仓。

第二学期弗兰卡不得不找一份零工，因为她父亲寄给她的那点钱不够开销。她在她住的郊区当邮递员，每月可以挣八百马克。总的来说是个不错的差事，但早晨五点就得起床，五点，这太恐怖了。十月初的早晨五点，连鸟都还没有叫，最后一批酒鬼还在昏睡，最早的有轨电车还没有开始行驶，就连运送垃圾的车辆都还没有上路。五点钟，怕影响房东还不能洗漱，为了能清醒过来，弗兰卡唯一能做的就是打开窗户放冷空气进来。她站着吃块面包或是吃点巧克力，喝杯不加奶的雀巢速溶咖啡，接着就得上路了。弗兰卡必须在五点半赶到她供职的邮电分局，她的两位同事分别是瘦胡戈和胖瓦尔特，前者几乎一言不发，后者则总是喋喋不休。瓦尔特所谈不外乎性以及他和他老婆是如何做爱的。要是碰上瓦尔特上厕所，胡戈就会说："他根本没机会做爱，他老婆早就跟安联保险公司的一个人私通了，给他戴了绿帽子——你可什么也别说啊。"

瓦尔特带着弗兰卡送了几次邮件并给了她一些指点。他告诉她哪些特别丰满的妇人或是热心的年轻姑娘会在特别阴霾的天气给可怜的邮递员送上白酒和热吻。可弗兰卡对妇人和姑娘没兴趣，至于男人嘛，瓦尔特则无可奉告。

如今弗兰卡已经能独立送邮件了。每当她把所有的信、报纸和明信片按着街道和门牌号整理好后，就骑着邮局那种有两个大兜的、沉甸甸的黄色邮车出发了。

这天大约七点钟，她送完了邮件，打了个哈欠，在胡戈的奶酪面包上咬了一口。此时瓦尔特正在用一张明信片的边角剔指甲，顺便念出了明信片上写着的字："'亲爱的母亲，问候你，你的克劳斯。又及：也许我不久会去看望你。'这个不要脸的家伙，他从来没来过。也许他这些毫无意义的明信片最好就不该给那个可怜的女人送去。"

弗兰卡间或也读明信片，她认为人们所写的几乎全是些无聊的东西。唯一有趣但不知为什么让人费解的总是明斯特某位疯子写给赫尔德尔大街年轻女兽医的明信片，那是些用铅笔潦草写就的明信片。前不久他写道："未来！魔术！当！"今天他又写道："欧洲，你是接受坚信礼小伙鼻子中的鼻牛儿。让我们到阿拉斯加去。戈特弗里德·本。"这是怎么回事？戈特弗里德·本不是个著名诗人吗？难道他竟写过什么鼻牛儿？这些寄给一位女兽医，传递的又是什么信息呢？除了这位女兽医，弗兰卡的投递区内还有三位大夫。这是件好事，因为总有很多试用品寄来，比如给医生的样品、维生素片，她可以扣下一些。

在邮局的工作让弗兰卡逐渐有机会窥见一些男人的心灵。例如住在新教堂街的阿尔贝特·马特斯，为什么他总是穿着敞着的浴衣给她开门呢？不错，他还穿着条裤衩，但此外就一丝不挂了，敞着浴衣，光着脚。当她把信件递给他时，他总是挖苦地说："没别的了？"她本想把邮件扔进信箱，可每次那人都能听到或看到她来。他打开门，亲手接过信件，但当她转身要走时，他总轻轻地在她屁股上拍一巴掌。有一次她甚至想，随它去吧，干脆就让阿尔贝特·马特斯来当初夜情人吧，他看上去也愿意。但她觉得他还是不符合自己的标准，他胸口上有毛，这让她很是腻烦。她不想让自己的脸贴在这样毛烘烘的胸口上。

她对自己有些丧失信心。如果这样继续下去，要是她这么挑剔的话，就是到二十五岁她也嫁不出去。不，不要想这些。为什么一切都这么复杂呢？她坚信，一旦有了突破——考虑到要办的事，这个词用在这里可谓贴切——接下来与男人周旋就易如反掌了。那她就可以今天有一桩风流韵事，明天有一段情色故事了。只要先开了头，克服了这一不利障碍，也许她最终还能经历真正伟大的爱情！她希望自己能有个美好的初夜，因为她从所有女友那里听到的都是灾难性的第一次：偷偷摸摸、疼痛难忍、毫无经验、暗中摸索，最终以苦涩的失望之泪洗面。经历了这些以后需要很大的勇气才敢尝试第二次。不，她不想这样。她的初夜应是明亮的，在一张大床上，他应该知道自己在做什么，而且是兴趣高涨地去做。

他的乐趣要足够感染她，让她以后对这种事永远有兴致。弗兰卡想，为此值得等待和期盼。

有一次她几乎如愿以偿。在她负责投递的区域内住着一位头发有些花白的男人，他大约四十来岁，看上去稍有倦容，但仍旧风度翩翩。有一天早晨他走近她，递给她一张二十马克的钞票。他身上散发出的气味很好闻。

"您叫什么名字？"他问道。"弗兰卡。"她答道。他赞赏地扬起了眉毛。

"有意思，"他说，"弗兰卡。您听好，弗兰卡，要是有这种笔迹的信到了邮局，"他边说边给她看一个长信封，上面有倾斜的、蓝色的、看上去像是女人的笔迹，"请不要扔到信箱里，任何时候都不要往信箱里扔，弗兰卡。车库的门总开着，请把信放到杂物架上左侧第一个颜料罐的后面，那里总有一张这样的钞票在等着您。弗兰卡，我亲爱的，我们互相理解了吧？"

他们互相理解了。弗兰卡感到：他是个行家，她想要他，这个男人，立刻，就在车库里。但他只是又冲她挤了挤眼就回房子里去了，她看见他的老婆正在厨房里洗碗。

三天以后来了这样一封信。弗兰卡自然小心地拆开了信并读了它。不来梅一个叫乌拉的写道，她几乎等不及在周末见到他，她将去车站接他，无论天多冷，她都不会穿内裤，这他应该明白。"这样，"她写道，"你就可以立即给我，在离得最近的门厅、在咖啡店的厕所中、在电梯里。然后我们融入人流，那我就可以拥有那种脸色，你懂的，灿若桃花的脸色。"

我的灿若桃花的脸色！弗兰卡用颤抖的手指把信重新粘好。她多么希望自己也能终于拥有"那种脸色"！现在她日夜所想的就剩下性了，但她再也没见着那位漂亮男人，只是在放那位女人用蓝色笔迹书写的信时，颜料罐后能定期见到他的二十马克钞票。有几天她也没穿内衣，但毕竟已是十月初，送邮件时她冻了个半死。尽管如此，在牛仔裤和毛衣下不穿内衣确实有一种轻佻、冲动的感觉。

她梦见约翰·肯尼迪，他当时是备受赞赏的美国总统，作为男人她很喜欢他。虽然那年获得诺贝尔奖的是约翰·斯坦贝克[1]，她偷偷地读安妮·戈隆的安琦丽珂小说[2]，那里面

---

① 约翰·斯坦贝克（John Steinbeck，1902—1968），美国作家，1962年诺贝尔文学奖得主。

② 安妮·戈隆（Anne Golon，1921—2017），本名 Simone Changeux，法国作家。其代表作《安琦丽珂》系列，又译作《百劫红颜》，畅销全球，并被改编成多部电影。

满是情欲的呻吟。

她终于遇到了他。

那天她送完邮件正骑着车回邮局，他在自行车道上走。她按了铃，他转过身，打了个道歉的手势躲向一边。他高高的个子，金黄色头发，眼睛的颜色浅得令人难以置信。他咧嘴笑着瞧她的样子很不寻常。"对不起！"他喊道，她再次向他转过身并做出一脸坏笑。"留神些，漂亮男人！"她喊道。

她在邮局停放好沉重的自行车，拿着空兜走进了屋，胡戈正在用勺子吃着他的草莓凝乳。她结了账，把挂号信存根整理好放入一个文件夹，为第二天做了一些分类准备工作。她准备把《时代周报》和《明星》杂志拿回家，乌姆巴赫街的退休女教师明天拿到这些报刊就行了。然后她对胡戈和瓦尔特说："再见，你们这两个蠢货。"胡戈说："我们爱你！"瓦尔特则说："总有一天我得揍你，或者跟你在公用厕所干一场。"她想，别，可别是你，接着走了出去。刚过十一点，要是抓紧的话，她还能赶到大学去听十二点关于福楼拜的讲座。福楼拜对艾玛·包法利浪漫的多愁善感的愚蠢性所做的几近残酷的客观描述对她是剂良药。

他站在门外，靠在墙上，一边坏笑一边抽着烟。弗兰卡想：就是他了。

她径直向他走去，拿过叼在他唇间的烟卷，深深地吸了一口，然后又把它插回了原处。

"邮局的克里斯特尔[①]？"他问道，"我怎么不认识你呢，我一直以为自己认识所有漂亮的女人呢。"

"也许你不在我负责的区。"弗兰卡说，这时她的心快跳到嗓子眼儿了，以至于她怕他看出来。

"军用机场，"他说，"我是那些奇异而有魅力的飞行员中的一员。"

后来她得知，他不过是个普普通通的中士。但他喜欢说自己是个飞行员，以便在女人面前显得更有吸引力。他是来自乌尔姆的钳工，志愿兵，三十五岁，他在军用机场差不多还要待上一年。

"军用机场，"她说，"啊哈，他们不让女孩子去那儿。跟你们这些年轻小伙子在一起太危险。"

"我是海因里希。"他边说边向她伸出了手。"弗兰卡。"她说。他问道："你真是邮递员吗？"

---

① 导演卡尔·安东（Karl Anton，1898—1979），于1956年拍摄了电影《邮局的克里斯特尔》。

"不，"她说，"我是大学生。"他笑了。

"噢，惹人喜爱的女大学生们，"他说，"总是那么聪颖，对实际生活却一无所知。"

"实际生活是什么？"弗兰卡问道，"如果你了解实际生活，那就展示给我。"

海因里希笑了，踩灭了烟卷，挎起她的胳膊，就好像他们是一对彼此熟悉的老夫老妻。

"你周末做什么？"他问。弗兰卡答道："我跟你在一起，你给我讲解什么是实际生活。"

他停下脚步，坏笑了起来。"你们女大学生一般不是总扭扭捏捏的吗？"他说，"看来今天我运气不错。那好，我星期六开车去兰茨贝格，那儿的一位朋友结婚，盛大庆典。你愿意一起去吗？"

那还用问。她恨不得马上就出发，就现在。她不愿松开他那温暖、结实、充满阳刚之气的胳膊。可他们走到了她住的地方。

"我住这儿，"她说，"你得按泽胡贝尔家的门铃。"

"我会按喇叭的。"他说，"像这样。"

他模仿着喇叭的声音，神经质的意大利人开着他们那微型菲亚特就是这么按着喇叭在街上疾驰而过的。然后他弯下身吻了弗兰卡，这可不是毛头小伙子的吻，而是一个成熟男人的吻，他知道他想要什么。这个吻是坚决的，具有挑逗性，虽短暂，但目的那么明确。弗兰卡的膝盖都酥了。

"还是今天这个时间？"他问道。她点了点头：跟今天一样。为什么不是今天？现在，她多年梦寐以求的事情终于近在咫尺了，她怎么能等到星期六？

他走了，她甚至没有勇气目送他。她坐到了门厅的台阶上，一直等到呼吸平静下来，才上楼走进自己租的带家具的房间。

星期五到星期六的那个夜里她失眠了。她洗了盆浴（每周她可以用一次泽胡贝尔太太的浴盆），全身抹了护肤乳，剪了指甲，做了头发。她企图在一夜之间变漂亮。早晨她着急忙慌地送完了邮件，跑回家穿上最窄的三角裤、最紧的牛仔裤、最漂亮的T恤。金色的十月，艳阳高照，她把三角裤又脱了，只穿了牛仔裤和T恤，光脚穿了双体操鞋。她坐在窗边等着。

他来了，开的是一辆银灰色的大众车，他按了喇叭。她动弹不了了，就是动不了。最后她终于摇摇晃晃地站了起来，走到洗手池那里的镜子前，看到自己那张姑娘的面庞：如此潮红，如此渴望。

她又回到窗前，他靠在车身上正在点一支烟。她脑子里只有一个念头：就是他了。

她奔下楼梯，拎着小小的旅行袋尽量从容地向他走去。"哈罗。"她打了个招呼。

他们两人互相审视般地打量着对方。事情进展得毕竟有些快，他们在评判对方。他们评判的结果是满意，彼此都满意。她又拿过他的烟吸了一口，他把她的旅行袋扔到后座上，他们上了车开走了。

"海因里希，"她说，"我有个秘密，但这个秘密我今天晚上才告诉你。""我热爱女人的秘密。"他说，"什么秘密，是不是你结婚了，小大学生？"

"是情色方面的。"弗兰卡说。他笑了起来。

"这类秘密我就更喜爱了。"他说。他左手握着方向盘，把右手放到她膝上。

他们行驶在车辆不多的公路上，两侧是绿色的草地，上面有母牛在吃草。艳阳高照，微风习习，金色的树叶还挂在枝头，但已做好脱落的准备，仿佛弗兰卡在内心已做好失身准备似的。弗兰卡像包法利夫人在她的婚姻初期一样，在通晓各种理论之后，现在迫不及待地想进入美妙的性爱氛围。

海因里希讲述着军用机场里发生的故事，他不时说些傻乎乎的俏皮话："飞行员，你们是一道绚丽的风景，可黑森林却是最美好的季节！"她讲起了民俗研讨课，在课上她得做个有关小圆面包形状的专题报告。她问他是否知道，小圆面包是模仿女人的阴户成形的。他笑得几乎无法继续开车。他们笑傻乎乎的战士，笑更傻的大学生。弗兰卡感到无拘无束、幸福而满意。她想：再过几小时我就过了这关了，今天这位一定不负所望。

他们在一个老式旅店里开了个双人间。双人床是由两张单人床拼起来的，床上铺着雪白的床单。房间在阁楼上，面朝一个小广场，广场上有个喷泉。弗兰卡把窗户整个打开，伸展着胳膊躺在一张床上，姿势就像被钉在十字架上似的。海因里希进了浴室，撒了泡尿，冲了个澡，在凉水下发出噗噗的声音。他走进房间后才把牛仔裤拉链拉上，几乎所有的男人都这么干，甚至当他们在饭馆上完厕所后都如此。弗兰卡经常看到这一情景，觉得此行径可恶至极。可海因里希这么做却让她觉得煽情。他光着上身，胸口上没有毛，不像住在新教堂街的阿尔贝特·马特斯。弗兰卡每接触一个男人都要先不引起注意地搞清楚他胸口上是否有毛，要是有的话，就根本不予考虑。在海因里希身上，她假设一切都是完美的，结果一切不出所料——都是完美的。

海因里希端详着她，感到她已做好准备。他有过不少女人，所以能够立即嗅出性欲的特殊味道。他没有解开鞋带就把弗兰卡的体操鞋拽了下来，把牛仔裤从她腿上扒下来，把她的 T 恤向上撩起。

"噢……"他声音嘶哑地喃喃自语道，"没穿内裤。"接下来又说："漂亮的胸脯。"

他吻她的胸脯，迫不及待地褪下自己的牛仔裤。弗兰卡用双臂和双腿拥住他小声地说："海因里希，我的秘密是：你是我第一个男人。"

他沉重地压在她身上，先前胀得硬邦邦的阴茎一下子疲软了。

"倒霉！"他懊恼地说。

然后他抬起头望着她。他们不得不笑了起来，互相拥抱，在床上打起了滚。他喊道："这怎么可能，你多大了？十九？这些年你到底都干什么去了？你为什么还要装得很有经验，立刻跟最先碰到的任何一个男人去旅馆？"

"因为我知道你是最佳人选，"弗兰卡说，"我一直在等待着合适的人。"

"难道我是那个合适人选？"他不相信地问道。

她点点头。"你是个行家。"她说，"是个行家，也是个能手。这能看出来。我想要一个这事干得漂亮的，跟他做爱能有乐趣。"

他光着身子坐在床上，尴尬地用手从裤兜里摸出香烟盒并给两人各点了一支。

"我想人们总是办完事才抽烟吧？"弗兰卡洒脱地问。"嘿，至少这你倒知道。"他说。他深深地吸了一口烟后叹了口气说："真倒霉。头一回做爱尝不到甜头，至少跟我谈起过这个话题的所有女人都这么说。这我必须得告诉你。"

他躺到她身边，往房顶上喷着烟。

"没错，"他接着说，"我有过不少女人，但还从没遇到过一个处女。大多数男人偏爱处女，我可不。我碰到处女就溜了。开溜或是运气好没碰到。真该诅咒，现在你跑出来了，你这个小女大学生。"

"总得有人出这把力吧，"弗兰卡说，"所有我以前遇到的男人都太蠢。现在你可千万别扫我的兴，让我耷拉脑袋。"

"奋拉这词用得好。"他自嘲着指了指自己缩小了的鸡巴。

"这个我们马上就能让它斗志昂扬。"弗兰卡说着把那玩意握在了手里。她滑动的手真的让它硬了起来。

"会有些痛,"他嘟囔着并很快地往她身下垫了一块毛巾,"而且还会出血。"

弗兰卡闭上眼睛,尽可能地舒展开自己。她的心、她的身子、她的灵魂都向这个男人敞开了。她躺在这个男人身下,这个男人终于温柔而小心地开始进行那项她等待已久的工程。他们两人均已大汗淋漓。她呼吸急促,当她感到他进入自己体内时,发出了一声轻微的喊叫。他向她耳语道:"你知道吗,我们军用机场的巴伐利亚人管这叫什么? 借用十月啤酒节的术语:给啤酒桶捣鼓进龙头。"

"现在正好是十月。"弗兰卡喘息着说。

他们笑得前仰后合,以至于他的阴茎从她体内滑出。但他又一次进入她,紧紧地搂着她,抚摸着她的面庞,吻她并温柔地向她耳语:"啤酒桶捣鼓通了,疯狂的小女大学生,现在你终于如愿以偿了。"

弗兰卡感觉到他的整个身体紧张起来,他射了精,然后放松而大汗淋漓地趴伏在她身上。她用双臂紧紧抱着他说："谢谢！事情并没有人们所说的那么糟糕。挺美的。请马上再来一回。"

但他却站了起来，把毛巾拿进浴室洗了，又拿了一块小毛巾替她擦去身上的血和汗。他完全与她一向所梦想的第一个男人相符。她没看错人，她极为幸福。她跳起来，以便去照镜子看看自己的脸色。

"能看出来吗？"她问。她看到了自己泛着潮红的面庞和乱蓬蓬的头发。

"能闻出来。"他说。他站到她身后，把双手放到她胸部。她感到无比幸福，性欲高涨，快乐无边。她是如此自由和轻松，以至于她向开着的窗子发出了一声响亮的欢呼。几个市场女贩抬头往上看，她冲她们招了招手，然后把海因里希重新拉回了床上。

在他们晚上出席他朋友的结婚庆典之前，他们又在一起合欢了四次。弗兰卡几乎无法走路，那里面都磨破了，而且痛，可那种感觉确实是无与伦比。她神采奕奕、热血沸腾地靠在墙上，一边喝酒一边调情。海因里希从她身边走过时冲她耳语道："该死的，别这么得意，别人真能看出来。"她小声回应道："待会儿再来一回。"

他们在兰茨贝格逗留了两天，只有在吃饭的时候才离开床。然后海因里希就该回兵营了，但他却请了假。他们一起去阿梅尔湖待了十天，他的朋友在那儿有座空房子。弗兰卡在邮局请了病假，瓦尔特骂骂咧咧地接管了她负责的地段。大学那边她干脆翘课。

那是爱的十天。他们在床上、在地板上、在厨房的餐桌上、在浴盆里做爱。他们站着、在森林中的树下，甚至在他的大众车里做爱。只要他能够勃起，他们就做爱。她任何时候都可以。他是个绝妙的师傅，他通晓男女间性爱的一切可能性，没有障碍，没有恐惧，没有做作。一切都是可能的，一切都是允许的。弗兰卡是个求知欲很强的学生，她了解了他的身体和自己身体的所有做爱可能性，熟悉了他们身体的各种味道。做爱的过程中，她学会了她所应该知道的一切，这样今生在温柔乡中她都不会再经历恐惧和失望。她能够要求，能够给予，能够享受。事后喝杯葡萄酒并抽上一支烟，事情就是这么简单。她心醉神迷了十天。

最后一天，她望着他心想：这回可够了。这位来自乌尔姆的三十五岁的钳工和这位十九岁的女大学生，他们之间再也没有什么未曾试过的做爱姿势，更没有什么还没谈论过的话题。他们确确实实是彼此做够了，他们沉默而满足地并排躺在床上。最后一夜他们睡得很沉、很香，虽然紧紧相拥，却头一次没有发生性关系。他们该分手了。她微笑着想起了所有他说过的俏皮话，从"一杯温度适中的啤酒"到"宁可什么都别干，也别分开坐着吃饭"。他满嘴都是这种胡说八道的话，她曾为此捧腹大笑。现在她不愿再多听一天这些俏皮话了。此外她还注意到，最后一晚在乡村小酒馆中他曾和酒馆女招待调情，他的一句俏皮话甚至不再是说给弗兰卡，而是说给女招待听的："最小的酒馆也比最大的鞋厂强，我说得没错吧，漂亮妞儿？"

他对她也腻了，对此她丝毫也没有感到忧伤，而是获得了一种平静和从容的满足。他们彼此做了有益的事，现在即将友好地分手。要说她有些许遗憾，那也是对他有些爱犹未尽，而不是因为他明摆着不爱她。她突然害怕会丧失爱的能力，但很快又驱逐了这种恐惧，准备平静而轻松地与他分手。

他们的分手确实也是这样的。第二天他们回到慕尼黑，当他把她送回住处时，她拥抱了他并说道："我永远都不会忘记你的，海因里希。我这辈子都感谢你。"他吻了她并说："你真是个绝顶聪明的好学生。现在你可以勇往直前了。"

他临上车时问道："我们还会见面吗？"弗兰卡点了点头。她目送他离去并想：再见了，我的朋友。到处都有失意的女人在等着你，你要让她们幸福，你有这个能力。

下午弗兰卡去胡戈和瓦尔特那儿报了到，他们很高兴再次见到她。瓦尔特问："要是真打起来了，你会干什么？"弗兰卡没听懂他在说什么。"打起来？"她问道。胡戈生气地说："接下来你该说你什么也不知道了吧？"

不知道，弗兰卡什么也不知道。她把退休女教师的《时代周报》和《明星》杂志拿回家，万分惊讶地读到：当她在海因里希那儿学习情爱是怎么回事的时候，世界在那些天曾险些堕入深渊。所有报纸上都称其为"古巴危机"，古巴危机幸好没有导致战争。在他们没有离开床的那个星期天，由于在古巴发现了瞄准美国的苏联导弹，美国让自己从格陵兰到土耳其的全部导弹进入战备状态。约翰·肯尼迪在对美国公民的演讲中宣告了事态的严重性并宣布"全民最紧急动员"。而那天弗兰卡第一次在户外做了爱，那滋味奇妙无比。菲德尔·卡斯特罗再三提醒他的人民："祖国或死亡，我们必胜。"美国总统的顾问蔑视而嗜战地说："把他们炸回到石器时代去。"当时弗兰卡正在阿梅尔湖和海因里希躺在浴盆里。面对可能打起来的核战争，人们开始囤积食品，美国邮局倔强地保证："假如核战后还能剩下什么，那我们就会继续递送邮件！"孩子们在学校里学习的是：闪避和隐藏！如果炸弹落下，要用书包或课椅遮住头，闭上眼保持镇定。

当时弗兰卡还没有像几年后经过各大学的示威游行变得那么关心政治，但她懂得，曾经发生了能戏剧性改变世界命运，甚至说差一点能毁灭世界的事情。当她第一次与一个男人日日夜夜沉浸在温柔乡中时，加勒比海水域游弋着的所有核武器能够把世界的大部分地区化为灰烬。她吃惊地意识到，当人们沉湎于自己的私人情感时，是会彻底背对整个世界的。

弗兰卡又投身到紧张的学习中，心满意足，如虎添翼。只是为了开心和把刚刚从那个钳工身上学到的东西运用到实践中去，她与民俗学助教开始了一段恋情，她要让他明白小圆面包的形状是什么样的。

三周以后，海因里希和弗兰卡还见了最后一面，一起喝了杯温度适中的啤酒。

"把你的电话号码给我。"他说，"我正在编写新的电话簿。"俏皮话一直要说到底，但她现在听到这类话已经笑不起来了。她望着他想起了他们共同度过的那些充满激情并让她学到很多东西的夜晚，她还是感激他的，可他已经不再能让她燃起激情。

不久后海因里希退了役。他惹了大麻烦，因为在整个古巴导弹危机期间，当部队进行战争动员时，他却没了人影。现在他拿了补偿费回到乌尔姆，想在那儿开间洗衣店。

弗兰卡忘了他，却也未能彻底忘却。她和男人们的关系不错，有激情，不复杂。近年来她有过几段较长的恋情，后来嫁给了一家铜丝厂的厂长。他有钱，她也有钱，他们很幸福。弗兰卡把名字又改回弗兰齐斯卡，她从事法语和意大利语文学的翻译工作。她丈夫和她经常到世界各地去旅游，他们相处得很好，他们没有孩子。弗兰齐斯卡并不确切地知道她丈夫是否一直对她忠诚。他们两人不是那种不停地用打监控电话的方式折磨对方的两口子。他们俩都认为吃醋是一种很愚蠢、很没有必要的习性。弗兰齐斯卡认为要是不过分监视对方，也就没有必要吃醋，她丈夫肯定也是这么想的。他们从容而幸福地生活在一起，从不用毫无意义的问题来破坏美好的东西。在经历了二十年的婚姻生活之后，他们仍旧喜欢有时在一起行房事。在所有这些年中，弗兰齐斯卡只有两次欺骗了她的丈夫，都是纯粹由激情引起的短暂恋情，每次都是一夜情，这根本不算数。她所追求的爱情是否确实存在，这一点她不知道。她感到，人们对爱似乎有许多期待，甚至似乎有爱的证明，但爱本身却像燃烧的荆棘中的上帝，是隐形的，是摸不着的幻象，但存在着感应。

1989年秋，弗兰齐斯卡的丈夫为了一笔新的铜丝生意逗留在新西兰，要在那边待十四天。这段时间她去慕尼黑拜访一位女友，本想与她一起购物和看戏，但这位女友的父亲遭遇事故，她得照顾父亲。于是弗兰齐斯卡坐上了回家的火车，她住在斯图加特附近。

那天的天气灰蒙蒙的，让人伤感。弗兰齐斯卡坐在头等车厢里望着窗外的雨。她现在四十六岁，有时想重新还原成那个不安分、活泼好动的弗兰卡，想重新体会迷惘、心跳、蹦蹦跳跳地在路上走的滋味，渴望能够胡思乱想以及不思而行。但她已经上了岁数，是个穿阿玛尼衣服、戴着钻戒和贵重手表的女士，冒险的时代已经一去不复返了。

她走进餐车，要了葡萄酒和一些吃的。当她等着上菜时，车厢里响起了广播声："下一站是乌尔姆。下一站：乌尔姆火车总站。"

乌尔姆。二十七年前，海因里希当时不就是去的乌尔姆吗？也不知他是否还生活在那儿。突然，她自当时一别后第一次萌生了想再见到海因里希的强烈愿望，也许是因为乌尔姆现在与她近在咫尺。兴之所至，她有时间，开往斯图加特的火车多的是，中途下趟车易如反掌。弗兰齐斯卡把订餐的钱放到桌上，饭还未到，葡萄酒还没喝完，她就回到了自己的车厢，为了穿大衣和取箱子。她不去想自己要干什么，她就是有这个愿望，伤感突然不翼而飞。

火车停在了乌尔姆，弗兰齐斯卡下了车，兴冲冲地，有些跃跃欲试。"我倒要看看。"她边想边向邮局走去，那里有带地址的电话簿。

她很快找到了他的名字，姓他那个姓的并不多，地址也有。弗兰齐斯卡记下了地址，没记电话号码，然后她叫了一辆出租车。

直到站在他住的房门前，那是幢住有很多家的老式出租公寓，他住在二楼，她才突然觉得有些唐突。他肯定结婚了。他一准认不出她了。现在他该六十二岁了。她该怎么向他的妻子解释自己是谁以及为什么按门铃呢？年轻时的一位女友，碰巧来乌尔姆，一次短暂的再会，只需十分钟。最后好奇心战胜了害怕和顾忌，弗兰齐斯卡按下了门铃。她让出租车司机等着她。

房门打开了。她上了二楼，他站在那儿。她一眼就认出了他，但他的脸上却露出了疑惑。他上了岁数，发了福，上身穿着件柔软的毛衣，下身着褐色灯芯绒裤子，膝盖处已经向外鼓起。他站在那里凝视着她。

"你还认识我吗，海因里希？"弗兰齐斯卡边问边向他伸出了双手，"我是小女大学生，弗兰卡。"

"我认不出来了，"他说着把她拥入怀中，"那是什么时候的事了？"

"快三十年了，"弗兰齐斯卡一边回答一边望着他，"我恰巧路过乌尔姆，我只是想再见你一面。"她看着他那张疲倦而沧桑的脸，深深的皱纹，过度饮酒留下的痕迹。他戴着一副眼镜，但他那浅色眼睛中仍有些许年轻时的那种魅力。

"进来吧。"他说着把她让进了屋子，屋里通风不够，有股发霉的味道。有些俗气的起居室里放有皮制长沙发、靠壁组合柜和电视机，弗兰齐斯卡坐到沙发上。她脱去大衣，他拿来了白兰地和两个酒杯。

"小弗兰卡，"他边说边审视地看着她，"跟我相比你保养得不错。"

"我比你也年轻整整十六岁呢。"她笑道。"十六岁？你那时就那么年轻？"

他们碰了杯，喝着酒，弗兰齐斯卡问道："你都做些什么？洗衣房怎么样了？来，讲来听听。"

"这些你还知道？"他感到有些吃惊，"是的，当时我是开过洗衣房，一共两家，生意不错。现在我提前退休了，出过事故。"他撩起裤腿指了指一块大红伤疤，"肝也不好。酒喝得太多。"

"结婚了吧？"弗兰齐斯卡问道，她在这套荒凉的公寓住房中看不到丝毫女人留下的痕迹。"三回。"海因里希边说边自信地坏笑了起来，他的这种调皮的坏笑当时曾那么吸引她。"结了三回，离了三回，有两个女儿。你呢？""婚姻美满，没有孩子。"弗兰齐斯卡说。她审视地望着他。"我还记得一切。"她微笑着说。

"嗯，"他说，"我记不得一切了，但还记得许多。我对你印象很深，弗兰卡。我能清楚地想起我们的事。我是你第一个男人。"

"你是第一个，"她点了点头，"你身手不凡。如今情场上可得意？"

他摆了摆手："早退出情场了。我已经四年或五年没跟任何女人睡过觉了。没这种事了。"

弗兰卡无法相信。"你曾是个多么出色的情人啊，"她说，"这种事怎么能突然结束呢，更不会才六十二就退出战斗。想想查理·卓别林，八十多他还生了个孩子呢。或者安东尼·奎因。"

"你想让我跟你生个孩子吗？"海因里希坏笑着问，她说："你想想看，我已经进入更年期了。"

他们两人都笑了，再次碰杯，海因里希把酒又续上。就在那一瞬间，弗兰齐斯卡意识到：或者事情现在会继续发展下去，或者她立刻起身乘下一趟火车回斯图加特。

"要不这样吧，"她说时心又跳得像当时那么快了，"我很高兴与你重逢。现在我们就住进一家漂亮旅馆，就像当时那样，今天晚上我们一起吃顿丰盛的晚餐。你觉得我的主意如何？"

他马上明白了她的意思，却问道："为什么要住旅馆？不住旅馆不是也能吃饭吗？"

"不。"弗兰齐斯卡简短地回答说。她站起来，边穿大衣边说："穿件大衣，换上鞋，别的你什么也不用带。"

"等会儿，"他说，"我不能穿这身衣服去。"他指了指毛衣和灯芯绒裤子。"不，"弗兰齐斯卡说，"当然不能穿这身衣服去。所以我们得马上改变现状，请相信我，让我来安排。当年都是你花的钱，今天该我了。我是个富有的女人。"

"这看得出来。"他边说边穿大衣和鞋。他弯腰的时候直喘粗气，他说："我已经不是当年的阿多尼斯①了。""现在还不能下这个结论，"弗兰齐斯卡说，她对他知道阿多尼斯这个词感到惊奇，"人掌握的本领是不会轻易丧失的。做爱就像溜冰或是弹钢琴，只要稍微练习一下就会轻车熟路。"

他站起身，用双手捧住她的面庞。她突然觉得他又像当年那么自信、那么有男子汉气概、那么了不起了。"那我们现在就练习？"他问。她点了点头。他吻她，吻得坚决而具有挑逗性，与当年一模一样。她对他耳语道："我一直想向你表示感谢，也许现在是个恰当的时刻。"

他们乘出租车去市里最高档的男装店。他们坐在后座上，手拉着手就像热恋中的青少年。弗兰齐斯卡给海因里希买了一身西服、一件质地柔软而漂亮的西装上衣，

---

① 希腊神话中的春季植物之神，容颜俊美。

还配了两件蓝白条的衬衫、维沙哲牌牛仔裤和丝质袜子。她跟着他进了试衣室，紧紧地贴到他身上，她感到并看到他还完全有能力去爱一个女人。

他们在最好的旅馆订了一间套房。"住几天？"门卫问。弗兰齐斯卡看了一眼海因里希，大胆地说："五天。"

他只好笑了笑，摇摇头，提起那些装着他新、旧衣服的袋子，西装上衣他已经穿在了身上。

在套房里他们飞快地脱掉了所有衣服，互相打量着彼此的身子，虽然这么多年过去了，他们仍旧毫无拘束，一点也不羞愧。他们俩都发福了，两人都有了不少皱纹。她的胸脯不再像从前那么紧绷绷的，他的肚子也一样，但他的胸部仍旧和过去一样光滑而漂亮。他的左腿上有道大伤疤，除此之外他们彼此熟悉并喜欢对方的身体。他们直视着对方的脸，像当年一样他们都想要对方。

"来。"她边说边把他拽到床上，这张床又宽又大，而且这回中间连缝都没有。"今天你不用跟新手费大劲。今天我要让你看看你当年都教会了我什么，这样你就能重新忆起做爱的程序及其美妙。"

他们做爱，他们一起洗鸳鸯浴。他们让人把饭送到房间里来，他们喝精品葡萄酒，他们坐在靠窗的小桌旁，点上蜡烛聊天，互相讲述他们的一生。然后他们再次做爱，接着彼此绝对信任地并排入睡了，睡得很沉，连梦都没做。他们不开电视，也不看报纸。他们只关注自己，就像二十七年前一样，但与当年相比，这次一切进行得更安详、更成熟、更自信，他们极为幸福。晚上他们紧拥着出去散步，抽烟，找一家小酒吧再喝上一杯，慢慢地走回旅馆，然后再做爱。他们以同样的乐趣重复着当年的所有姿势，只不过动作慢了些，不再那么迫不及待，而是更加从容不迫。当他尽兴之后疲倦地躺在她身边时，他望着她。

"我没想到，我还能做这一切。"他说。弗兰齐斯卡抚摸着他的面庞，看到他那浅色眼睛中的眼泪，她有些感动，她说："出色的情人永远是出色的情人，哪怕他休息了一阵。"

"你帮我找回了自信。"他向她耳语道并吻她的肩。弗兰齐斯卡说："要是你当年没有馈赠我自信，我今天也就没有什么可回赠你的了。"

最后一天，他们在楼下旅馆餐厅里就餐，他们坐在一个角落里的桌旁。周围的人都显得很激动，好像发生了什么事似的，但他们俩并不注意。为了告别，他们要了香槟酒，海因里希突然又想起一句他那些著名的俏皮话，他说："我曾怕自己成了废物。但仅仅害怕最终并不能让人幸福，对吧？"当她随后看到，他在不远处发现一位打扮得有些招摇的金发女郎，正试图隔着几张桌子与她调情时，弗兰齐斯卡知道自己给了他新的生活：生活、女人、爱情。她很高兴。

第二天他们收拾好各自的东西。她在去火车站前先用出租车把他送回了家。

"请您等一下。"她又对出租车司机说，然后下了车。在公寓门前他们互相拥抱。"谢谢！"海因里希说，弗兰齐斯卡回复道："谢什么？也谢谢你。我们现在两清了。"

"你给我你的电话号码吗？"他问，她摇了摇头。"不，"她说，"除非你急需，因为你又在编写新的电话簿。"

他们俩都笑了并最后吻别。弗兰齐斯卡知道，这次确实是最后一次了。

然后她上了出租车，说："去火车站！"她不再回头看海因里希，他站在公寓门前，手里拿着装西服的口袋，在向她招手，一位上了年纪、但正直而自信，而且仍旧很帅的男人。用弗兰齐斯卡的词来形容，他又神采奕奕了。

在火车站弗兰齐斯卡买了张报纸。在头等车厢读这份报纸时，她才知道，当她与海因里希在旅馆的床上幸福地沉浸在温柔乡的日子里，也就是1989年的11月6日至11日，柏林墙倒了。

他们一点都没有觉察到。

译后记

　　第一次翻译埃尔克·海登莱希的《背对世界》单篇还是2007年，当时《世界文学》杂志在第4期发表了这位女作家的三篇短篇小说。此后我一直想向中国读者介绍她的更多作品，但不少出版社都说人们感兴趣的只有长篇小说，中短篇无人问津。

　　我个人认为长篇小说恰恰不是德语作家的强项，因为他们往往写着写着就越来越哲学起来，从而可读性也就随之大为下降。相反，德语中短篇小说还是很有特点的，中篇方面有海泽的"猎鹰理论"与一批经典作品，短篇方面茨威格的《看不见的收藏》和《一个女人生命中的二十四小时》在中国也赢得了众多读者。新生代德语作家的短篇小说则被收入《红桃J：德语新小说选》（译文出版社，

2007），他们的笔调比老一辈作家更轻松，风格更随意。在网络时代，手机阅读也为中短篇小说走向读者开辟了新路径。

湖南文艺出版社独具慧眼，推出了女作家埃尔克·海登莱希的这部作品，《背对世界》。焦洱先生曾在多年前介绍其作品时写道："埃尔克·海登莱希1943年出生，出版这个短篇集时已不年轻，可是我们竟能从她的这些小说里读出一种无行小女子才会有的摩登和张狂。细细品来，那其中有点中国人所谓'老来俏'的味道，其实那是刻意为之，是紧紧地绷在阅世和孟浪之间的张力，是躲闪在小说叙事背后面对世界的态度。"姜还是老的辣，作为德国事业有成的新一代女性，海登莱希从自己独特的视角出发，幽默、辛辣甚至有些地方颇为"毒舌"地刻画了德国社会的众生相。其题材涉及婚恋、破处、同性恋和文人相轻等许多普通中国人也会随处遇到的各类问题，相信读者定会开卷有益。

去年我在台湾休假时，收到湖南文艺出版社夏必玄编辑的电邮，询问能否承担此书的翻译工作。尽管手头有另一部大部头的历史书在翻译，但我还是欣然接受了这个任务，因为我喜欢这位作者的风格。翻译这本书的过程中我经常觉得非常过瘾、痛快与解恨，每每会忘记自己在"工作"，而仿佛觉得是在"玩耍"，不知不觉中一本薄薄的小书就翻完了。希望喜欢《背对世界》单篇的读者在阅读这本短篇小说集时能有新的喜悦！

最后还要感谢杜新华女士允许将其译文《最美丽的岁月》收入本短篇小说集！

丁　娜

2016年6月30日